바리

Bá

바리

글·그림 홍성담

삶창

바리를 만나기 전에

이 책은 우리나라 무조신화(巫祖神話)인 서사무가 〈바리데기〉의 주인공을 '현실세계'에서 만나는 '꿈' 이야기다.

내가 이렇게 '꿈'이라고 이야기하면 혹자는 '그것은 현실이다!'라고 우길 수도 있겠고, 내가 단호한 표정으로 '현실'이라고 말하면 어떤 이는 '바보야! 그건 꿈이야' 라며 나를 짠한 눈으로 바라볼 수도 있겠다.

지역에 따라 약간씩 다르지만 무가(巫歌) 〈바리데기〉의 줄거리는 대략 다음과 같다.

'바리데기'는 아들의 출생을 기다리던 오구대왕의 일곱 번째 딸로, 태어나자마자 버림을 받았다. 바구니에 담겨 강에 버려졌던 아기 바리데기를 어느 어부 노부부가 데려다 키운다. 세월이 흘러 오구대왕이 왕비와 함께 중병에 걸려 드러누우니 어떤 명의도 그들의 병을 고치지 못한다. 대왕은 그의 병을 낫게 하는 자에겐 나라의 절반을 주겠다고 약속했으나 어느 누구도 그의 병을 다스리지 못했다. 그때 어느 고승이 병을 고칠 수 있는 약은 저승의 땅끝에 있는 생명수밖에 없다고 말한다. 그러나 생명수를 구하러 선뜻 나서는 사람이 없다. 그동안 왕궁에서 모든 안락함을 누리고 살았던 여섯 명의 공주들도 고개를 절레절레 흔든다.

노부부와 함께 살던 바리데기는 그 소식을 듣고 자신의 부모님을 꼭 살리겠다며 저승의 문턱을 넘는다. 생명수가 있는 저승의 땅끝까지 가는 길에는 중요한 대목마다 여러 가지 고통스러운 과제가 기다리고 있다. 생명수가 있는 땅끝으로 다가가는 마지막 대목에서 석장승 같은 사내에게 사랑도 없이 일곱 아기를 낳아주는 조건을 수행한다. 즉, 요즘 말로 하자면 장기적·지속적으로 극심한 성폭력을 당한 것과 다름없고, 생명수를 구하기 위한 목적으로 성관계를 갖게 되었으니 바리데기의 여정에는 요즘의 매춘과 다를 바 없는 과정과 결과가 포함되어 있다.

바리데기는 결국 생명수를 구해서 오구대왕의 나라로 돌아오지만 이미 오구대왕 부부는 죽어서 상여에 실려 가고 있었다. 그녀는 상여를 멈추게 하고 관 뚜껑을 열어서 죽은 아버지와 어머니의 시신에 생명수 한 방울을 뿌리니 썩어서 꺼멓게 된 뼈가 하얗게 새로워지고, 생명수 두 번째 방울을 뿌리니 새살이 돋고, 다시 세 번째 방울을 뿌리니 검은 머리와 손톱 발톱이 돋고 몸에 더운 피가 돌았다. 이어서 네 번째 방울을 뿌리니 오구대왕 부부는 코에서 뜨거운 숨을 길게 내쉬면서 자리를 털고 일어났다.

오구대왕이 바리데기의 공을 치하하면서 물었다.

—네가 무엇을 원하느냐.

—아무것도 필요 없소.

—그러면, 나를 살리는 사람에게 나라의 절반을 주기로 애초에 약속했으니 너에게 이 나라의 절반을 주겠다.

—아니요. 나에겐 아무것도 필요 없고, 단지 이승에서 저승으로 건너가는 가여운 영혼들이 너무 심한 고통을 당하고 있으니 나는 그들의 고통을 위로하고 시린 손을 잡아주는 어머니가 되고 싶소.

이런 과정을 통해서 바리데기는 누구나 죽으면 반드시 한 번은 건너가야 할 삼도천을 주재하는 무당으로 좌정했다. 그녀는 동아시아 모든 무당들의 무조(巫祖)로 추앙을 받으며 지금도 피안의 바다에 앉아서 우리들이 죽은 후에 몸과 영혼이 저승길에 평안히 들어갈 수 있도록 돕고 있다.

누구에게나 그렇듯이 정신적으로 혹독하게 어려웠던 지난 시절이 나에게도 있었다.

날마다 고문을 당하거나 땅속 깊은 지하실에 갇히거나 누군가에게 하염없이 쫓겨야 했다. 이러한 일은 단지 상상이나 꿈으로만 끝나지 않았다.

나에겐 현실에서 일어난 상황이기도 했다.

이런 꿈과 두려운 현실이 교차하는 상황에서 나는 가까운 미래조차도 도저히 낙관할 수 없었다.

그래서 내 마음속에 존재하는 또 다른 나를 찾기 위해서 가장 쉬운 방법으로 나의 꿈을 들여다보고 싶었다.

잠에서 깨는 새벽이든 아침이든, 잠자리에서 일어나는 즉시 간밤의 꿈을 추적해서 작은 그림으로 남겼다. 초기에는 수시로 꿈을 기록하기 위해서 베개 옆에 메모장이나 소형 녹음기를 놓아두고 잠이 들었다. 그러나 곧 시간이 적잖게 걸리긴 했지만 꿈을 역추적하는 내 나름의 방법을 알게 되었다. 간단하게 언급하자면 명상을 통해 비디오를 거꾸로 돌리는 식의 방법이라고 할까. 그리고 꿈을 찾아내는 그 시간은 횟수를 거듭할수록 점점 줄어들었다. 꿈 그림을 시작한 지 약 1년 후쯤에는 아침에 일어나서 설거지나 샤워, 청소 등 일상적인 일을 하면서도 꿈의 시간 속으로 역추적하는 것이 가능해졌다. 나는 이렇게 꿈 그림 그리기를 십수 년 지속한 결과로 약 1500여 점의 작은 그림을 갖게 되었다.

물론 나는 지금도 꿈을 가끔 그리고 있다. 벌써 20년 넘게 지속되고 있는 나의 가장 행복한 그림 그리기 중 하나가 되었다. 그리고 꿈 그림에 나타나는 여러 다양한 모티브는 종종 내 작품의 중요한 소재가 되기도 했다.

창고에 아무렇게나 여기저기 처박혀 있던 꿈 그림 뭉치들을 작년 이맘때 손에 잡히는 대로 꺼내어 정리할 기회를 가졌다.

이때 나의 꿈 그림들이 몇 가지 주제로 분류될 수 있다는 것을 알았다. 그중 하나가 바리데기 신화와 관련된 주제였고, 이 그림들을 대충 추려내 따로 떼어놓았다. 수일간 이 그림들을 관찰하며 '바리데기의 과제 수행' 주제의 꿈 그림에 일관되게 내재되어 있는 이미지의 비밀을 풀 수 있다면 다른 주제의 꿈 그림들도 그 내용을 쉽게 풀어낼 수 있는 일종의 틀을 발견할 수 있겠다는 생각이 들었다.

드로잉 수준의 바리데기 꿈 그림들에 다시 색을 입혀서 새롭게 그렸다. 그리고 그림에 글을 붙여 내 블로그에 올렸다.

그중에는 이미 20년이나 지난 꿈 그림도 있었지만, 오래된 그 그림을 찬찬히 들여다보고 있으면 마치 영화를 보듯이 당시의 꿈이 그대로 되살아났다. 나는 신기했다. 그것을 글로 설명하는 작업은 의외로 쉬웠다. 당시 꿈속의 상황을 있는 그대로 기술하면 그만이었다. 그림과 글이 그런대로 서로 보완 관계를 유지하면서 '꿈'이 보여주는 혼란스러운 상황을 정리해볼 수 있겠지 싶었다. 한 장의 그림에 주어진 이야기는 그것 자체로 완성된 형태를 갖기도 하지만, 또 다음 장과 서로 자연스럽게 연결되면서 전체적으로 일정한 얼개를 구성하게 되었다.

그러니까 이 책은 바리데기를 주제로 한 꿈을 서사무가의 구비 구전 양식을 빌려 구슬 꿰듯이 엮어놓은 것이다.

그래서 이 책은 주인공 '바리'에 대해서 어쭙잖게 심리 분석을 한다거나, 무속과 현실과의 문제를 고찰하는 인문학적인 글쓰기를 하느라고 여기저기에 각주를 달고 또 이곳저곳에서 남들의 성과를 부분 부분 카피해오는 일을 피할 수 있었다.

예컨대, 나는 내 꿈속을 조심스럽게 들추어보기 시작한 이래 단 한 번도 기존의 특정 이론에 기대어 꿈을 분석해보고 싶은 생각이 추호도 없었다. 오히려 프로이드나 융의 저작들을 애써 외면했다. 왜냐면 서구인과 한국인의 꿈을 이루는 무의식을 실존적 형상으로 끄집어내는 데 있어서 그 이론적 틀에는 분명히 서로 차이점이 있을 것이라 확신했기 때문이다. 그리고 창작자에게 이론이 너무 과하면 실제는 항상 분칠되고 조작될 우려가 있다. 상상력에 의해 1차 자료인 '작품'을 생산하는 예술가에게 과도한 이론은 항상 독이 될 수 있는 것이다.

더구나 소설적 형식에 얽매여 복선이다, 반전이다, 3인칭이냐, 1인칭이냐 하는 일도 내 능력을 벗어나는 일이다.

이 책은 단지 나의 꿈속을 들여다보는 이야기다. 그러나 나와 함께 동시대를 살아왔던 수많은 사람들의 의식이나 무의식 속에 잠재되어 있는 보편적인 이야기이기도 하다.

내가 원래 글쟁이가 아니라서 매끄럽지 못한 표현들도 많다. 꿈이라는 것이 원래 합리적이나 논리적이지 않고 때때로 황당하거나 매끄럽지 못한 일도 많듯이 내 글 역시 천방지축이다. 그러나 독자들이 예전에 자신들의 꿈속에서 마주쳤던 상황이 내 글과 그림의 어디쯤에 어떤 식으로 기록되어 있는지 찾아보는 심정으로 이 책을 읽는다면 독서의 지루함을 덜 수 있을 것이다.

어쩌다 현대 인류는 인간과 인간 사이의 소통을 제거해버렸다.

사람 간의 소통은 타자의 고통에 대한 응답이다.

우리는 그런 진정한 소통이 스마트폰과 사이버 도구에 의해 가능할 것인가에 대해 한 번쯤 본격적으로 물음을 던져야 할 때가 되었다.

산업자본과 과학의 역할은 사람 간의 소통을 더욱 단절시킬 뿐이다. 첨단을 상징하는 독하게 진화한 단어들이 앞에 붙을수록 그것은 인간과 인간 사이의 물리적·정신적인 거리를 더욱 떼어놓은 것이라고 할 수 있다.

그러나 저들은 말끝마다 인간과 인간 사이의 간격을 더욱 좁히기 위해서 연구와 투자를 한다고 떠벌인다. 지금쯤 우리는 저들의 그런 말이 모두 거짓과 사기라는 것을 깨달아야 한다. 인간과 인간 사이의 간극이 넓으면 넓을수록, 소통의 장벽이 높으면 높을수록 연구 프로젝트와 소비 시장의 영역은 더욱 다양해지고 그것에 따라서 거대 이윤을 남길 수 있다. 이렇게 현실 세계에서 우리들의 소통은 한 조각도 남김없이 저들의 이윤 추구를 위한 시장이 되어버렸다.

소통의 가장 중요한 첫 대목은 온전한 자기 자신을 찾아내는 일이다. 현실을 살아가는 자기라는 인물은 어쩌면 가상의 인물일 수도 있다. 온갖 인맥과 학력 그리고 직업 등으로 포장되거나, 위선과 명예욕으로 덕지덕지 분칠을 한 얼굴일 수도 있다. 그러나 우리는 의외로 꿈속에서 진정한 자신의 모습을 발견한다. 도덕이나 질서를 배우기 이전에 존재하는 자신의 본디 모습이 바로 그것이다. 그래서 각자의 꿈속에서 상황의 공통성과 집단 무의식을 찾아내는 일이 중요할지도 모른다. 이 집단 무의식이 바로 문화의 아키타입(archetype)을 만들며 한 시대의 인간 행동을 규정하기도 한다.

'나의 꿈과 타인의 꿈이 서로 만나는 소통이 과연 현실적인 소통까지 가능케 할 것인가'라는 문제에 대한 판단은 내 능력을 벗어난 과제다. 현실을 살아가는 인간은 자신의 의사와는 상관없이 여러 가지 치장과 분장으로 뒤범벅되어 있다. 사이코패

스가 아니라면 누구나 자신의 영혼을 고통스럽게 하거나 괴롭게 만드는 위선과 치장을 한 번쯤은 말끔하게 걸러내는 과정을 경험해야 한다. 영혼을 담고 있는 그릇인 몸을 통해 여과된 순수한 기억으로써의 꿈이 현실 세계에 더욱 강하게 존재해야 할 이유가 분명히 있다고 믿는다.

장자의 호접몽을 떠올릴 필요도 없이 지금 우리가 사는 땅의 현실이 꿈보다 더 꿈을 닮아서 이 부족한 책을 내면서도 나는 전혀 부끄럽지 않다.

이 어려운 시기에 삶창 출판사를 떠맡고 있는 황규관 시인에게 감사한다.

황 시인의 배려와 노력이 없었다면 이 책은 그냥 내 마음속에 영원히 묻어둘 수밖에 없었을 것이다.

이 책을 자리매김할 수 있는 마땅한 장르는 없다.

나 역시 장르 따위의 조건에 함몰되어 기껏 재능의 노예가 되는 것은 싫다.

아무튼, 이 책은 말 그대로 '꿈·그림 노래'라고나 할까.

누구나 자신의 인생 어딘가에 비밀스럽게 숨겨놓은 비나리 웅얼거림이다.

2013년 여름에, 홍성담

차례

바리

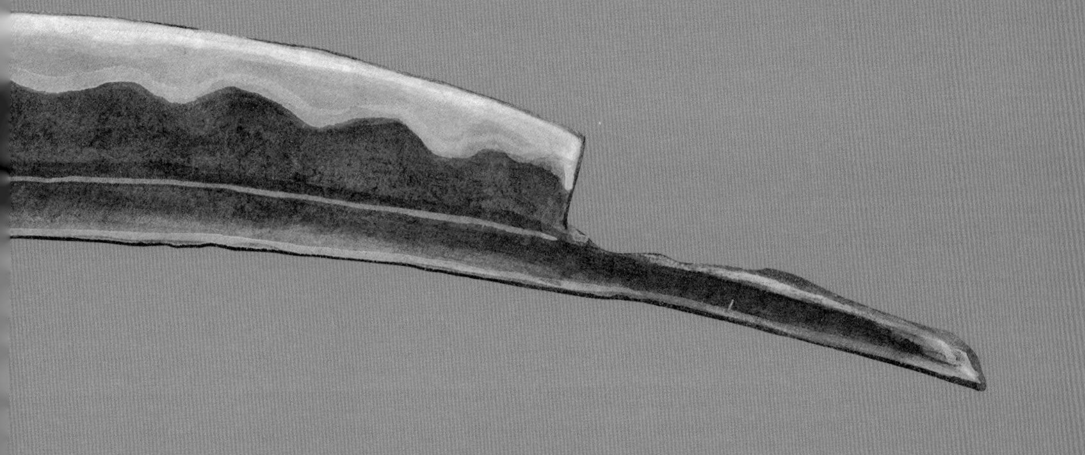

바리

그가 바리를 처음 만났을 때
예전에 책에서 읽었던 그녀에 대한 이야기는 모두 사실이라는 것을 깨달았다

죽은 자의 영혼이 이승을 떠나 저승으로 가기 위해서
피안의 강을 건널 때 그녀는 가엾은 영혼들의 고통과 슬픔을
위로했다

그러나 그는 이러한 얘기를 그대로 믿을 수 없었다
존재가 분명한 팩트(가끔 영어가 단어의 의미를 훨씬 더 강하게 치장해 줄 때가 있다)라
하더라도
실존과는 별 상관이 없을 때가 우리의 삶에는 자주 있다
그녀도 의심하는 그의 마음을 이미 훤하게 알고 있는 듯이 보였다

너도 알고 나도 알고 하늘도 알고 땅도 알고 누구나 빤하게 알고 있는 일이
간혹 사실이다 아니다 혹은 믿느냐 믿지 못하느냐, 이런 사소한 문제로
비화되어 정작 본질을 망가뜨리는 일이 자주 일어났다

그녀는 얼굴이 그다지 예쁘지는 않았지만
넓은 이마가 시원해 보였다

그러나 양미간 사이에 또렷하게 새겨진 주름이 매사에 탈을 낼 것 같았다
또한 눈꼬리가 길고 눈 밑이 어두웠다
그녀의 얼굴 속에는 성질이 전혀 다른 수많은 영혼이 충돌하고 있었다

그는 그녀에게 대뜸 물었다

'네가 하는 일에 만족하는가?'

'나라의 절반을 갖는 것보다는 훨씬 멋진 일이다
무엇의 절반이란 항상 문제를 원점으로 되돌릴 뿐이다
모든 것을 갖지 못할 바엔 차라리 아무것도 없는 것이 훨씬 더 낫다'

바리는 죽은 부모를 살린 대가로 나라의 절반을 주겠다는 아비의 제안을 거절하고
피안의 강을 지키는 무조(巫祖)가 되겠다고 선언했다
사람들은 그것을 두고 무욕의 결정이라고 칭송했다
그런데 사실은 아비의 제안을 그녀는 아주 섭섭하게 생각했다는 것을
그는 오늘 처음 알게 되었다
그가 떨떠름한 표정을 숨기지 못한 채 그녀에게 말했다

'나도 언젠가는 저 강을 건너야 할 것이다'

'너는 이미 네 번을 건넜다'

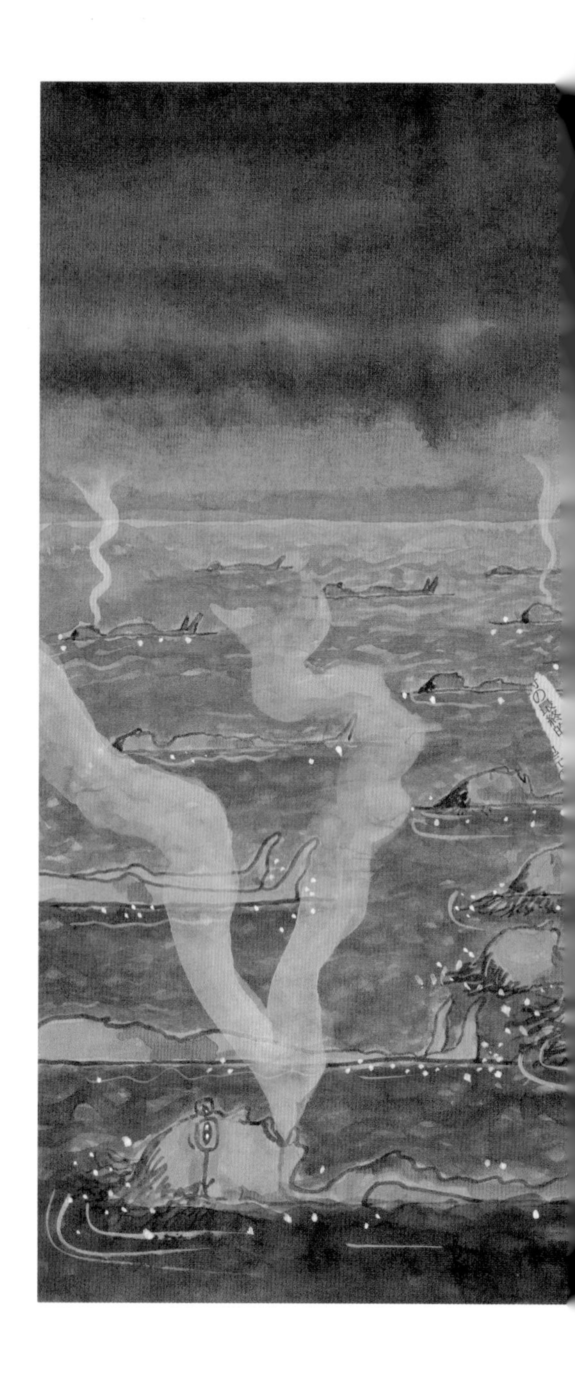

바리 | 30×45cm | 종이에 먹과 수채 | 2012. 8. 27

当初の目標通りの節電
が求められる。

그가 의아해하자 그녀는 재빠르게 말을 이었다

'분명히 저 강에서 수많은 영혼들과 함께 떠내려가는
너의 모습을 나는 네 번이나 보았다
내가 볼 때마다 너는 악을 버럭버럭 질러대며
고통스러워하더구나
인간 세상의 온갖 육두문자를 동원해서
미국말 중국말 일본말 독일말 조선말로
여기저기에 욕을 퍼부어대는 너의 꼴이
좀 우습기도 하고
그 욕을 그냥 듣고 있자니 내 얼굴이 화끈거려서 견딜 수가 없었다'

'분명한가?'

'그렇다 네가 죽어서까지도 버리지 못한 이승에 대한 온갖 원한과 미련을
내가 정갈하게 씻겨주고 위로해주었다
네 번씩이나……'

'그런데 그렇게 네 번씩이나 죽을 수도 있는 것인가?'

'하나의 생명은 백 번도 더 죽을 수 있다.'

총

의자에 앉아 있는 사람의 얼굴이 잘 보이지 않았다
도대체 누군지 알 수 없다
아니, 알 필요도 없다

단 한 장의 이파리도 없이 활짝 핀 붉은 목단꽃은
나를 다시 집어삼키려고 쩌억 벌린 자궁이다

목단 뿌리는 의자에 앉아 있는 사람만이 볼 수 있다
뿌리가 하얀 사기질 둥근 알을 칭칭 동여매고 있는데
그는 사람들의 눈물이 저 알 속에 고여 있다고 했다

뉴스 말미에 갓 태어난 어린아이가 강물에 버려졌다고 간단하게 언급됐다
소식을 전하는 여자 아나운서의 얼굴은
두껍게 처바른 화장 때문에 무표정했다

어깨에 총을 멘 군인들은 절대 움직이지 않는다
그래서 더욱 두렵다
아무런 이유도 없이 단지 명령만으로 움직이는 것은 군인밖에 없다
군인들이 가장 가까운 세상을 두 곳이나 지키고 있었다

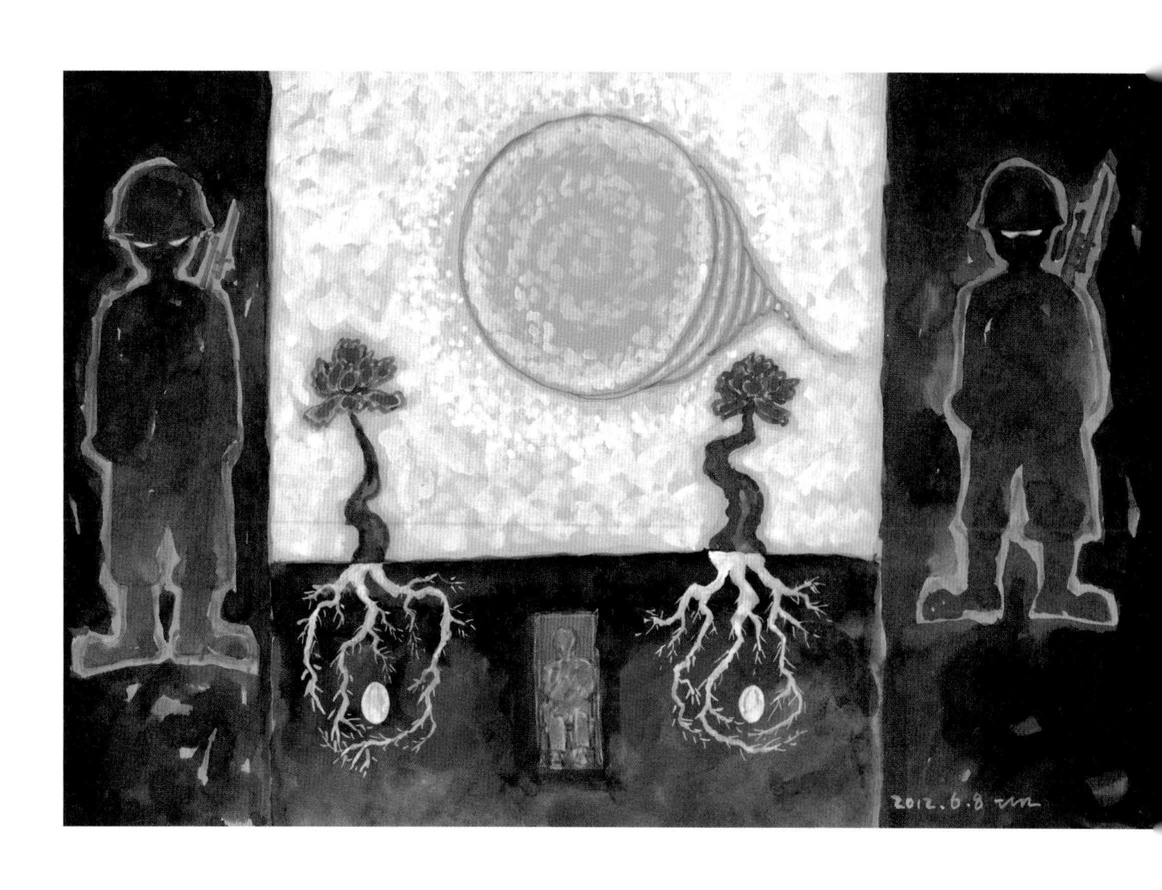

총 | 30×45cm | 종이에 먹과 수채 | 2012. 6. 8

세상은 이렇게 네 개의 공간으로
너무나 정확하게 나뉘었다

사흘 동안 강물에 떠내려온 아이의 얼굴에
온갖 벌레들이 들끓었다
메뚜기, 나방, 땅강아지, 집게벌레, 장구벌레, 지네, 사슴벌레, 풍뎅이
아이의 입속에 불개미가 가득하고 발이 여럿 달린 갯지렁이가
눈에서 꿈틀거리며 기어 나왔다
검은 갯지렁이는 보리밥, 하얀 갯지렁이는 쌀밥

만약 군인들이 저 아이를 발견한다면
즉시 조준 사격을 할 것이다

그는 32년 전에 도시로 넘어가는 고갯길에서 그런 모습을 보았다
총소리는 '땅!' 단 한 발뿐이었다
저수지에서 물놀이하던 한 아이의 머리 절반이 날아가 버렸다
하얀 뇌수가 사방에 쏟아졌다
총알이 너무 빠른 탓에 아이의 깨진 머리는 피도 흘리지 않았다.

한 마리

어린 바리가 소나무 숲으로 둘러싸여 있는 마을로 나를 데려갔다
그녀는 바쁘게 발걸음을 옮겼다
그녀가 왜 나를 원조교제의 파트너로 지목했는지 나는 전혀 알 수 없다
돈 때문일까
나는 그녀의 뒤를 따라가면서 손을 바지 주머니에 슬그머니 넣어
꼬깃꼬깃 접힌 만 원짜리 지폐의 숫자를 세어보았다
내 손가락 끝은 만 원짜리와 천 원짜리 지폐의 질감을
정확하게 분별했다
한 장, 두 장, 세 장…… 약 4만 몇천 원쯤이었다
내가 아는 한 원조교제의 대가치고는 형편없이 부족한 액수다
그리고 아까부터 누군가가 우리의 뒤를 그림자처럼 따라오고 있다
이 돈을 모두 그녀의 손에 쥐여주고 즉시 집으로 되돌아가고 싶었다
오늘은 정말 운수 없는 날이다

땅이 흔들렸다
맨발로 걷고 있던 내 몸이 비틀거리면서 넘어지자
바리가 나를 일으켜 세우며 말했다

'두 마리가 아니고 단 한 마리다

한 마리 | 30×45cm | 종이에 먹과 수채 | 2012. 6. 11

단지 두 마리처럼 보일 뿐이다
저놈들은 1년 365일에 단 1초도 허비하지 않고 성교를 한다
하나뿐인 몸을 두고 두 개의 머리가 암수 구별 없이 서로 자신의 몸이라고 우긴다
그래서 땅이 이렇게 흔들린다'

땅은 바다의 너울처럼 꿈틀거리며 춤을 추었다
아득하게 먼 하늘 끝이 활활 불타고 있었다

나는 지평선 너머로 도망가는 사람을 향해 총을 겨누었다
녀석은 사람처럼 보이지만 사람이 아니다

바리가 나의 귀에 속삭였다

'실탄은 단 한 발밖에 없다'

집이 흔들리고
소나무 숲이 흔들린다
내 뺨에 밀착된 개머리판도 떨리고
과녁도 흔들린다

20년 전에 컴컴한 지하실에서
그는 내 목 뒷덜미에 입술을 대고 말했다
내 목에 화상을 입을 만큼 그의 숨이 뜨거웠다

'쥐도 새도 모르게 너 하나쯤 죽이는 것은 식은 죽 먹기다
널 믹서기에 넣고 갈아서 인천 앞바다에 쏟아버리면 그만이다'

방아쇠에 얹은 내 손가락이 몹시 떨린다

녀석은 매번 내 과녁을 벗어나 저 멀리 달아나고 있었다.

연습

떠난다는 것은 항상 두렵다

세상은 온갖 슬픈 빛으로 둘러싸여 있고
그는 나무에 파인 큰 구멍에 들어가 숨었다

'나는 이 높은 나무에 어떻게 올라왔는지 모른다
이 좁은 구멍 속에서 내내 지내는 것이 차라리 편안하다
나무뿌리가 뻗은 땅속에는 내가 배고프지 않을 만큼 먹을 것이 있다'

빈 술병이 아무렇게나 버려져 있는 덤불 위에
바리가 금갑이 씌워진 말을 놓아주며 말했다

'너는 이 말을 타고 내 뒤를 따라오라'

아무래도 그는 나무 구멍에서 뛰어내려 말 등에 내려앉을 자신이 없었다
그가 망설이고 있는 사이에
바리가 스마트폰 두 개를 꺼내어 땅 위에 가지런히 놓고
그녀의 두 발을 조심스럽게 스마트폰 위에 한 발씩 올렸다
그리고 양팔을 좌우로 넓게 펼치자 스마트폰이 그녀의 몸을 천천히 공중으로 들

어 올렸다

'나는 이렇게 날아갈 것이다'

그리고 그녀는 스마트폰을 두 발로 딛고
날아오르는 연습을 몇 번이나 더 해보였다
두 개의 스마트폰 중에서 그녀의 오른발을 받쳐 들고 있는 스마트폰의 기능이
아무래도 좀 떨어지는 것 같았다
공중에 떠 있는 그녀의 오른쪽이 1~2cm쯤 낮아 보였다
그녀는 자꾸만 비틀거렸다
그렇지만 오른쪽이 조금 낮다는 사실을 그녀는 전혀 눈치채지 못했다
나무 구멍 속에서 바리의 떠나는 뒷모습을 바라보던 그가
갑자기 그녀를 향해 큰 소리로 외쳤다

'너의 위로가 내 영혼을 치유하지 못한다
더 이상 나를 동정과 연민의 눈으로 바라보지 마라'

바리가 스마트폰 위에 올린 발을 강하게 한 번 구르자
그가 숨어 있는 나무 구멍까지 그녀의 몸이 급하게 솟아올랐다
그녀가 팔을 양쪽으로 벌려 몸의 균형을 가까스로 유지한 채 그를 빤히 바라보았다
그는 그녀의 얼굴에 침이 튀길 정도로 더 크게 악을 썼다

'그러니까 저승사자처럼 아무 때나 나를 찾아오지 마라'

연습 | 30×45cm | 종이에 먹과 수채 | 2012. 6. 13

그녀는 그냥 조용히 웃기만 했다

덤불 속에 버려진 빈 술병 안에 숨어 있던 여러 소리들이
하나둘 스멀스멀 기어 나오기 시작했다
모두 상처받은 영혼을 치유하기 위해 만든 말과 소리들이다
내 상처에 박힌 가시 하나를 뽑아낸다고 이 고통이 소멸될 것인가
때로는 위로를 가장하여 오히려 상처를 치명적으로 덧내는 소리와 말도 있었다
사람들은 종종 치유와 중독을 혼돈했다

네가 스스로 위로받기 위해서 상처받은 다른 뭇 영혼들을
위로한다는 것을 나는 이미 알고 있다
인간의 절대영역이란 본디 슬픔과 고통의 상처 속에 존재한다
내 영혼의 상처는 내가 치유한다

나는 나 혼자서 어디든 갈 수 있다
그것이 이승이든 저승이든 내가 원하는 곳이면 어디든 갈 수 있다
나는 나 혼자서 무엇이든 할 수 있다
그것이 산을 움직이는 일이든 바다를 메우는 일이든 나는 혼자서 할 수 있다.

입술

갖가지 소리를 내는 입술들이 하얀 꽃 같은 파도의 포말에 매달려서
망망대해에 일엽편주로 떠 있는 배를 향해 달려왔다

입술은 하얀 이빨을 드러내며 사람의 살을 거침없이 뜯어 먹는다고 그가 말했다

그는 돛대 꼭대기를 향해 기어 올라갔다
입술 하나가 풀쩍 뛰어올라 금방이라도 그의 발뒤꿈치를 베어 물 것 같았다
집채만큼 큰 파도에 작은 배는 기우뚱 거푸 뒤집어질 뻔했다
그는 돛대에 자신의 발목과 팔을 삼끈으로 묶었다

바리가 붉은 입술을 향해 얼러대기도 하고, 다시 꾸짖기도 했다
그때마다 입술은 쩍쩍 벌리고 딱딱 닫히면서 소리를 냈다

한 입술이 소리를 냈다
'그래 그래'

또, 한 입술이 소리를 냈다
'내 입은 단 한 발의 총소리다, 따앙!'

입술 | 30×45cm | 종이에 먹과 수채 | 2012. 6. 14

또, 한 입술이 말했다
'아항! 누구든 옳다. 틀린 사람은 없다. 옳소! 옳소!'

한 입술이 파도 하얀 포말 위에 올라서서 소리를 냈다
'무례하다. 우리의 허락도 없이 어찌 이 바다를 지나가느냐'

한 입술이 부끄러운 듯이 말했다
'흐응! 너희들의 부끄러운 소리가 내 입속에 모두 담겨 있다'

또, 암수 한 쌍과 새끼 뱀을 물고 있는 입술이 말했다
'아니야, 아니야! 이 뱀의 도움을 받지 않고는 아무도 이 바다를 지나갈 수 없어'

또, 한 입술이 소리를 질렀다
'여기 내 입속에 뛰어들어라! 그러면 이 바다의 끝을 만나게 될 것이다'

바리는 손을 휘저으며 열심히 뭐라고 중얼거렸다
저들의 립 서비스에 속아 아까운 시간을 지체하고 있는
그녀의 모습을 바라보면서 돛대에 묶여 있는 그는 애가 탔다

먼 옛날에 내가
물속에서의 길고 긴 삶을 마치고 뭍으로 올라올 때
미련도 없이 내던져버렸던 나의 아가미와 지느러미는 지금도 이 바다 밑 어디에서
떠돌고 있을 것이다

이번 기회에 나는 기필코 그것을 되찾아야 한다고 다짐했다

또 한 입술이 그녀를 달래듯이 말했다

‘우리가 이런 장사를 한두 번 해본 것이 아니잖아
너의 출생 내력과 비밀을 우리는 너무나 잘 알고 있다
너야말로 이런 어두운 곳에서 평생 고생할 사람이 아니다
아비의 제안대로 너는 세상의 반쪽을 차지하는 것에 만족하고
그까짓 알은 이제 그만 우리에게 넘겨라’

멀리서 칠흑 같은 어둠이 밀려오고 있었다.

칼

바다 밑에
큰 칼이 누워 있다

만 년 전에 아비가 만든 칼이다
아비가 그 칼을 담금질할 때
벌겋게 달구어진 쇠를 바닷물에 식혔다고 했다
그때마다 바닷물이 펄펄 들끓고
쇠는 쉭쉭 울부짖었다

그 칼날에 사람의 목이 천 년 동안 날마다 수만 개씩 잘렸다
오늘도 큰 칼은 그가 자른 수천수만의 백골 위에 길게 누워 있다
칼이 피 맛이 그리워 쉭쉭 울 때면 바다가 요동을 쳤다

학살은 여전히 진행 중이다
사람들의 비굴함과 잔혹함과 집착과 사악함이 피바람을 불러온 것이 아니다
피바람은 오늘, 바로 오늘 우리의 얼굴과 현실의 타당성을 바탕으로
만들어진 필연적인 결과다
사람들은 누구나 마음속에 한 자루의 칼을 품고 살아간다
칼의 크기와 모양과 재료만 다를 뿐이다

칼 | 30×45cm | 종이에 먹과 수채 | 2012. 6. 19

그 칼이 다른 사람의 목을 치지 못할 경우엔 때때로 자신의 살을 베기도 한다
언제나 학살은 진행 중이다

바리가 칼날 위에 장하게 서서 칼에게 말했다

'수천수만 사람들의 피를 머금은 칼아!
바다 밑에 누워서 무엇을 꿈꾸느냐'

칼이 큰 몸을 가늘게 떨면서 울었다
곧 요동치려는 칼을 바리의 맨발이 지그시 누르며 칼날 위를 천천히 걸었다

'칼아! 칼아!
내가 너의 자루를 잡아 어깨 위로 높이 올려
동쪽에서 부는 바람 끝을 자르고
북쪽에서 밀려오는 밤안개를 가라앉게 할 것이다'

바리가 칼날을 밟으며 자루 쪽으로 걸었다
저 칼자루를 쥐지 않으면 밤바다를 결코 잠재울 수 없다고 그녀가 말했다

알은 칼이 뉘어진 곳 바로 아래쪽에 숨겨져 있다

꾀가 많은 사람들은 알을 원격 조정하려고
하루 중 대부분의 시간을 스마트폰과 컴퓨터 앞에 앉아 있다

저들의 스마트폰과 컴퓨터가 발신하는 전파를 차단하기 위해서
바닷물의 염도를 훨씬 더 높여야 한다
이쯤 되면 바닷속은 전쟁이나 다름없다
저들의 전파에 동의하는 물고기들이 떼를 지어 한쪽으로 모이고
알을 지키겠다는 물고기들도 떼를 지어 다른 한쪽으로 모인다
바다는 아무런 구호나 깃발이나 쇠파이프나 물대포나 최루탄이나
유인물 한 장도 없이 금방 아수라 세상으로 돌변한다

산소 탱크의 기압계가 많이 떨어졌다
나는 황급히 두 발로 물을 차면서 수면 위로 올라갔다

검은 바다 서쪽으로 달이 지고
곧 동쪽 바다에서 새로운 달이 거푸 돋아났다.

숨쉬는 삼각형

삼각형은 살아 있다

세 꼭짓점 밑에 각각 앉아 있는 사람들의 모습이
올빼미가 울 때마다 다른 사람의 얼굴로 바뀌었다

삼각형은 스스로 확장하면서 앞으로 쑤~욱 튀어나오다가
때로는 차츰 축소되어 곧 한 개의 점으로 변해 아득한 곳으로 도망간다

삼각형 세 변에 돋아 있는 미세한 털이
열심히 숨을 쉬면서
삼각형의 확장과 축소를 도와주고 있다
살아 있는 삼각형은 징그럽다
움직이지 않아야 할 것이 움직이는 모습은 너무나 징그럽다

삼각형 구도가 안정감을 준다는 새빨간 거짓말은
맨 위 꼭짓점을 점유한 광폭한 힘에게 바치는 헌사일 뿐이다

부릅뜬 눈이 자꾸만 흔들린다

숨쉬는 삼각형 | 45×30cm | 종이에 먹과 수채 | 2012. 6. 21

은밀하게 무슨 일이 또 벌어지고 있다
일본 옷을 입고 앉아 있는 바리가 '부릅뜬 눈'에게 물었다

'보고 있느냐
세상에는 우리 눈에 보이지 않는 일이 더 많다
그래서 세 개의 눈이 있어야 마땅하지만
우리 인간에겐 눈이 두 개뿐이구나'

밤을 꼬박 지새우며
올빼미가 울었다

또 바리가 말했다

'내 눈에 불과 반백 년 후의 미래가 보인다
서쪽으로 지는 해가 신령한 빛과 만나는 각도가
서로 조금이라도 어그러지면
여기저기 산이 무너지고 강이 뒤틀리고
눈알 빠진 시체가 들판을 덮는다
시커먼 비가 사흘 밤낮을 내리고
어른은 어린 자식을 버리고
자식은 늙은 부모를 버리고
모두들 이 땅을 떠나간다'

삼각형이 숨을 쉰다

삼각형은 불안하게 움직인다.

칠중살

작은 배는 캄캄한 하늘 서쪽으로 미끄러지듯이 달려갔다
폭풍우가 지나간 바다는
갑자기 숨이 멎은 듯 고요했다
숨이 끊어진 바다는 이미 바다가 아니다

배 뒤쪽 고물간에 앉아 있던 그가 바리에게 물었다

'지금 우리는 어디로 가는가'

바리가 저고리 고름을 풀어서 하얀 가슴을 드러내고
긴 손톱으로 명치끝을 깊이 찔러 아래로 그었다
살이 쩍 벌어지더니 겹겹이 층을 이룬 살이 부챗살처럼 펴졌다

'여기를 보아라!
첫 살은 해가 만들어준 청대살이요
두 겹째 살은 바람이 내려주신 홍대살이다
세 겹째 살은 물이 건네주신 황대살이고
네 겹째 살은 달이 내려주신 녹대살이다
다섯 겹째 살은 흙이 보내주신 백대살이고

여섯 겹째 살은 소리가 던져주신 흑대살이요
일곱 겹째 살은 무주님이 나를 세상에 내놓을 때 빗어놓은 자대살이구나
우리는 이제부터 이 일곱 겹 칠중살을 순서대로 지나서
내 몸 깊은 곳까지 들어간다'

그가 다시 물었다

'내 몸이 그곳에 들어가면 무엇을 얻을 수 있는가'

'저들은 그이의 살 한 조각과 피 한 모금을 일주일마다 마시며
새롭게 태어났다고 자랑한다
그러나 살아 있는 그이가 자신들의 곁에 있어도 저들은 알아보지 못한다
오히려 세상의 모든 죄를 그이에게 뒤집어씌워서 다시 죽여버린다
정치가 잘못되고 저들이 가난뱅이가 되는 이유도 모두 그이 탓이다
아파트 가격이 너무 오르고 너무 내리는 것도 그이 탓이다
내가 병든 것도 그이 탓이며 자동차 사고가 난 것도 그이 탓이다
심지어 라면이 설익거나 또는 너무 맵거나 너무 짠 것도 그이 탓이다
세상의 모든 잘못된 일은 모두 그이 탓이다
저들은 사람을 죽이기 위해서 그이에게 탓을 돌리는 이유를
수백 수천 수만 가지를 마음먹은 대로 만들어낼 수 있다
2천 년 전에 태어나 죽었던 그이는 다른 얼굴과 다른 이름으로
항상 저들의 곁에 존재하지만 아무도 그이를 알아보지 못한다
그이는 날마다 저들에게 죽임을 당한다

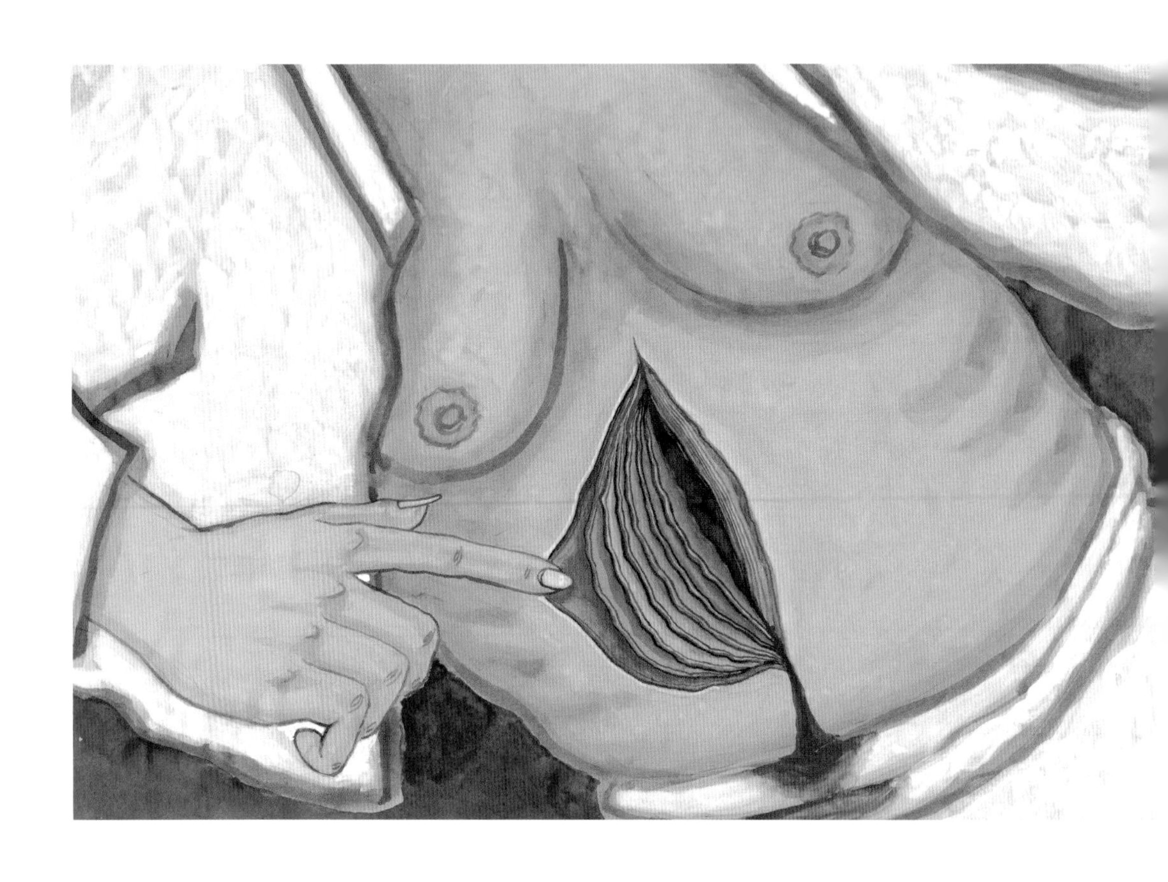

칠중살 | 30×45cm | 종이에 먹과 수채 | 2012. 6. 23

어제와 오늘도 죽었고 내일과 모레도 역시 그이는 죽을 것이다
그래도 그이는 언제나 저들의 가장 가까운 곳에 서 있다
그이의 죽음은 영원히 날마다 계속될 것이다
저들이 새롭게 태어나기 위해서 주일마다 그이의 살 한 조각과 피 한 모금을 마시는 일도
역시 영원히 계속될 것이다
그러나 그이와 저들이 서로 죽임과 죽음으로 간신히 엮어져 있는 관계가
단절되는 시간이 점점 다가오는구나
그이가 죽음으로부터 진정으로 해방되는 시각이 이제 다가왔구나'

그녀의 치마 섶에 피가 배었다
바리가 아무렇지도 않다는 듯이 저고리를 여미어 옷고름을 묶었다
그녀의 검지 손톱 끝에 맑은 피 한 방울이 맺혀 있었다.

혼

달빛은 잔잔한 바다 위에 하얗고 긴 베를 풀어놓았다
그는 은은한 달빛조차 두려워했다
내가 그의 모습을 확인하려고 하면 자꾸만 얼굴을 모로 틀었다

그는 배 한쪽에 쪼그리고 앉아
손을 뻗어 바닷물을 떠서 입술을 적셨다
여전히 입술은 갈증으로 타들어 갔다

그가 바리를 똑바로 쳐다보지도 않고
입을 열어 더듬거렸다

'어느 날 내 몸속에 두 개의 혼이 동시에 들어왔다
물렁한 가슴에 혼이 씨앗처럼 박히더니 금방 싹을 내밀었다
하루에 한 자씩 거침없이 쑥쑥 커서 지금은 내 몸속을 모조리 차지하고 말았다
눈, 콧구멍, 입, 배꼽, 똥구멍을 통해 줄기를 밖으로 뻗어내고 싶어 안달이다.

그 두 개의 줄기가 모양새도 다르고, 색깔도 다르고, 냄새도 다르고,
맛도 다르고, 촉감도 다르고, 울음도 다르고, 웃음도 다르고,
내지르는 소리도, 하는 말도 다르다

그런데 간혹 그 두 개의 줄기가 너무 닮아 보여 깜짝 놀랄 때가 있다
그러다가도 자세히 들여다보면
징그러운 것 같으면서도 아름답고,
더러운 것처럼 보이다가도 곧 정갈하게 보이고,
큰 것처럼 보였다가도 금방 작아지고,
살아 있겠다 싶으면 죽어 있고,
단단한 것 같으면서도 흐물흐물하고,

왜 그럴까

두 개의 줄기를 좇아 내 몸도 두 개로 나누어져서
한쪽은 강한데 다른 한쪽은 약하고
한쪽은 선한데 다른 한쪽은 악하고
한쪽은 사랑하는데 다른 한쪽은 미워하고
한쪽이 배가 고프면 다른 한쪽은 배부르고

하나뿐인 몸에
넋은 분명히 두 개구나'

달빛을 받고 있는 그의 몸이 두 개로 보였다가 하나로 보였다가
모로 돌리고 있는 얼굴에 눈이 두 개였다가 세 개 네 개로 보였다가
왼손 바닥에 달려 있는 손가락이 다섯 개였다가 또 일곱 개도 더 되었다가
밤하늘에 떠 있던 달이 하나였다가 두 개로 보였다가

내 모습도 두 개였다가 하나로 보였다가

그의 모습이 몹시 흔들렸다
작은 배도 흔들렸다.

혼 | 45×30cm | 종이에 먹과 수채 | 2012. 6. 25

수장

바다의 날씨는 천변만화했다
바람이 또 날을 세우기 시작했다

배 뒤쪽 고물간에 꼿꼿하게 앉아서
바다 끝을 바라보는 바리도 입술을 굳게 다물었다

한 치의 흐트러짐 없이 앉아 있는 그녀를 바라보며
그는 절망적인 생각이 들었다

바리를 빙 둘러싸고 있는 사람들의 눈이 광기를 뿜어냈다
그 많은 눈들이 그녀의 죽음을 기다리고 있었다

그녀가 옷을 입은 채 바다로 들어가 반듯이 누웠다
하얀 옷깃이 잠시 부풀어 올랐다가 바닷물에 적셔지며 천천히 풀어졌다
한동안 그녀의 몸이 가라앉지 않고 파도 위에 둥둥 떠 있자
그녀를 둘러싸고 있던 눈들이 일제히 괴성을 질렀다
그가 아는 사람들도 눈에 흰창을 허옇게 드러내며 괴성을 질러댔다

그녀의 몸이 가라앉기 시작했다

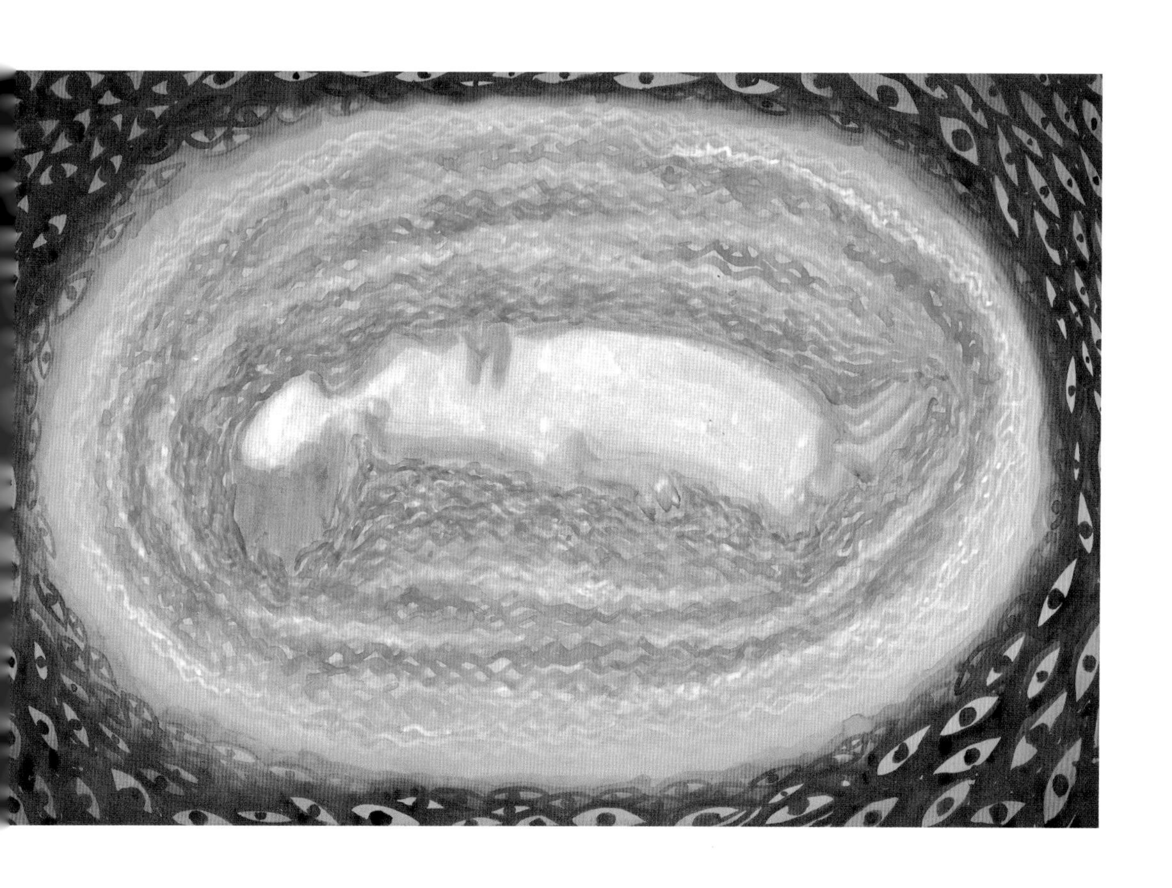

수장 | 30×45cm | 종이에 먹과 수채 | 2012. 6. 28

바닷물 속에서 그녀가 사람들의 눈을 바라보면서 살풋 웃었다

그는 바리가 그렇게 바다에 수장되어 죽을 것이라고 생각했다
저 광기를 뿜어대는 눈들 앞에서
그녀는 바다 저 밑에 가라앉아 천년 세월을 또 기다릴 것이다
그녀가 천년 동안 누워 있는 바다 밑에는
하늘과 땅이 있고, 강과 바다가 있고, 산과 들과 바람이 있고,
해와 달도 날마다 뜨고 질 것이다
그는 아무도 모르는 바닷속 비밀을
오직 자기 혼자만 안다고 믿었다

혹시, 그도 바리의 죽음을 기다리고 있는지 모른다

그가 고개를 들어보니 아직도 바리는 배 위에 그대로 앉아서
바다 끝을 바라보았다

바리가 입을 열었다

'불길한 소식은 바다 건너 동쪽에서 날아오지만
바닷물이 펄펄 끓기 전에 이 땅의 꼬리뼈가 먼저 불에 탄다
사람들은 지랄병이 심해져 모두 아귀처럼 풀을 뜯어 먹고
나무뿌리를 파먹고 모래를 씹어 먹고 이제 남의 살을 뜯어 먹다가
마지막엔 자기 살을 베어 먹는다

사람 중에 사람이 없으니 이 땅은 주인 없는 땅이 되어 영원히 버려질 것이다'

그녀는 바람을 기다리고 있었다.

구멍

밤바다는 날마다 커다란 알을 낳는다
하늘에 바다가 스며들거나
바다에 하늘이 스며들어서
거대한 성교 끝에
하얀 알을 낳는다

바다가 알을 까는 순간엔
불던 바람도 멈추고 물새도 울음을 그친다
숨이 꺽꺽 막히는 침묵의 시간이다

저 하얀 빛에 빨려가지 않으려고
그가 두 다리에 힘을 주었다

건너편 어둠을 바라보던 바리가 젖가슴을 풀어 헤쳤다

'이제 또 바람이 달려올 준비를 하는구나
바람아, 저 어둠을 몰고 와서 내 젖을 물게 하여라'

마른 나무 돛대 끝에 하얀 꽃이 피었다

구멍 | 45×30cm | 종이에 먹과 수채 | 2012. 7. 2

아니다, 오직 어두운 밤하늘에 하얀 구멍이 뚫려 있다

배가 돛대 끝에 크고 하얀 꽃 한 송이를 매달고
혹은 하늘에 뻥 뚫린 하얀 구멍을 돛대가 가리키고

알은 구멍이기도
꽃이기도
여백이기도
또는 달이 아니기도 했다

바다가 알을 낳는 순간에
내 아랫도리 맨살도 함께 찢어졌다.

바람길

그녀는 이 폭풍우가 그치기 전에 이승을 빠져나가는
문을 찾아야 한다고 말했다

'세상이 바다를 베고 잠들었을 때 속히 가야 한다
이 바람길 끝에 문이 있다'

하얀 포말이 얼굴을 세차게 후려쳤다
그는 뱃멀미를 심하게 했다
목구멍으로 넘어오는 신물을 꾹 삼키며 외쳤다

'세상은 문을 닫은 지 오래다'

그녀의 대답은 간단했다

'한쪽 문이 닫히면 반드시 다른 한쪽 문이 열리는 법이다'

작은 배는 파도 위에서 벌써 다섯 바퀴째 나뒹굴었다
파도 끝에 매달린 세상의 온갖 소리들이
우리의 발목을 부여잡았다

바람길 | 30×45cm | 종이에 먹과 수채 | 2012. 7. 5

그가 멀미를 더 이상 참지 못하고 게워내기 시작했다
누런 물과 똑똑 끊어진 면발과 허옇게 탈색된 김치 쪼가리가
그의 입에서 쏟아져 나왔다
똥구멍으로 나가기 직전 것까지 모두 목구멍으로 게워냈다
이제 더 나올 것이 없어서 헛구역질만 하고 있는 그의 입술에
끈적끈적한 침이 긴 실처럼 매달렸다

식음과 잠을 끊고 강과 광야에서 100일 동안 악마와 싸워 이긴 그이는
보리수나무 그늘에 자리를 잡았다
대각을 이룬 그이의 몸에서 아름다운 빛이 났다
그이를 좋아하던 여자가 우유 한 사발을 그이에게 바쳤다
우유에서 풍기는 신선한 향기에 그이의 기분이 좋아졌다
그이는 목이 마르고 배가 고팠던지 우유를 벌컥벌컥 마시고
즉시 배 속이 부글부글 끓더니 설사를 시작했다
빈속에 갑자기 들어간 찬 우유가 탈이 난 것이다
몸에서 모든 것이 빠져나갔다
방금 마신 우유뿐만 아니라 창자도 십이지장도 간도 쓸개도 위도 심지어 혓바닥까지
뿌리째 뽑혀서 똥구멍으로 빠져나갔다
눈도 코도 입도 몸에서 발산하는 아름다운 빛도 모두 빠져나갔다
이런 극심한 설사를 단 한 번이라도 경험해본 사람은
아마도 2500년 전 당시 그이의 몸과 정신의 황망함을 충분히 이해하고도 남을 것이다

결국 그이가 수년 동안 세상을 헤매면서 금과옥조로 여겼던 영혼마저도 몸에서 빠져나갔다
육신은 빈껍데기뿐, 아무것도 없다
존재조차 사라졌다
그이의 나이 35세 되는 해 12월 8일, 비로소 어떠한 번뇌에도 흔들리지 않는 절대 정적이
빈껍데기만 남은 몸을 가득 채워 해탈의 세계에 들었다
이후 그이는 배앓이로 평생을 고통받았다
그래서 턱을 한 손에 괸 채 옆으로 비스듬히 누워 뒤로는 설사를 하면서
앞에 있는 사람들에게 설법을 한 적도 많았다
좋은 것, 기쁜 것, 맛난 것, 예쁜 것, 나쁜 것, 고통스러운 것, 매끈한 것,
껄껄한 것, 편한 것, 답답한 것, 쓸쓸한 것, 미운 것에 마음이 동하면
설사의 기억이 금방 그의 편향된 마음을 끊어주었다
그이는 결국 그때 생긴 병으로 80세에 사라나무 숲에서 열반 입멸했다

그의 헛구역질이 보리수나무 아래 그이의 설사처럼 위대하게 될 일이 아닌 것은 분명하다
설사와 구토는 서로 빠져나오는 길과 구멍이 다르기 때문이기도 하지만
더욱 중요한 것은 행위의 장소성이다
우루베라촌의 보리수나무 그늘과 망망대해에 떠 있는 작은 배의 돛대 밑은
서로 달라도 너무 다르다

바다 밑에 외롭게 잠겨 있던 잠수함이

눈알을 바다 위로 올려서

우리의 시답지 않은 그런 모습까지도 세밀하게 기록했다.

길 찾기

그는 세상으로부터 빠져나가는 길을 찾기 시작했다
바닷물에 눈대중으로 요리조리 선을 그어보다가
곧 손가락으로 콕콕 찍어서 점을 표시했다

삼각비 tan 알파는 밑변 분의 높이
각도를 취하여 직각삼각형 두 변의 비율을 반환한다
이 비율은 각을 마주하는 변의 길이를 각에 인접한 변으로 나눈 값
대충, 각도를 라디안으로 환산하려면 각도에 $\pi/180$를 곱하고
라디안을 각도로 환산하려면 라디안에 $180/\pi$ 을 곱한다

그러나 평면과 공간은 다르다
둥그런 지구를 쫙 펼쳐 지도를 만들 때 사라져버리는 공간이 있다
이 공간에 대한 정보 없이 지도를 둥그런 지구로 다시 복원할 수 없다
지도상에서 사라져버린 공간에 세상 밖으로 나가는 길이 있다

그는 손가락으로 바닷물 위에 마음껏 '선'을 그었다
그의 눈길이 닿는 곳마다 새로운 '점'이 찍혔다
점과 점이 이어져 선이 되고
선과 선이 만나서 '각'을 이룬다.

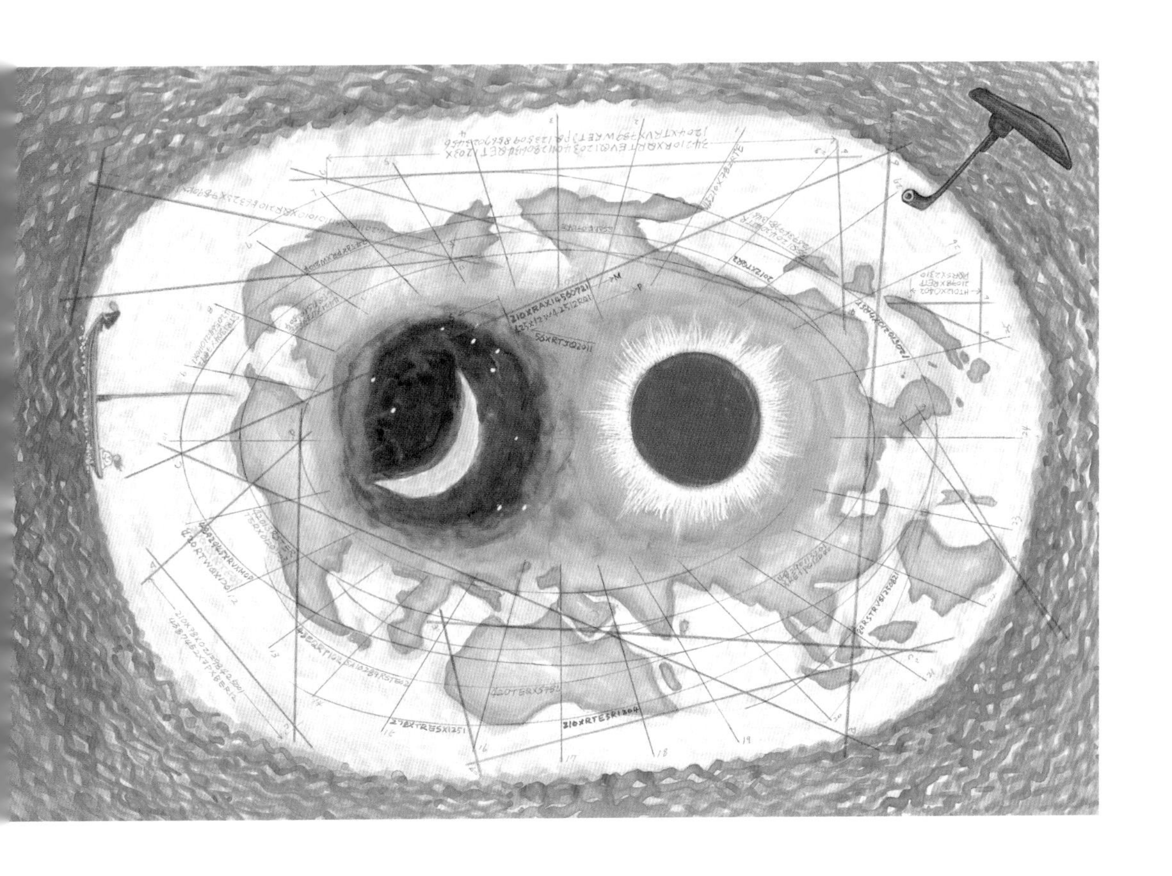

길 찾기 | 30×45cm | 종이에 먹과 수채 | 2012. 7. 10

그러나 접선 벡터와 법선 벡터를 외적 하여 구해지는 바이노멀 벡터값은 믿을 수가 없다

인간의 일이란 결코 완벽한 법이 없기 때문이다

모든 값이 결정되어버리면 하늘과 땅은 움직이지 않는다

만물과 더불어 사람도 소멸해버린다

아직도 잠수함은 홀로 외롭게 바닷속을 떠돌고 있다

나는 세상을 빠져나가기 위해서는 반드시 로그인이 필요하다고 믿었다

아이디와 패스워드를 기억해내기 위해서 자꾸만 머리카락을 쥐어뜯었다.

문자

'tan 알파각'과 '밑변 a'가 주어졌어도
생략된 공간에서는 '높이 b'의 존재를 찾을 수 없다

그는 인간들이 생략해버렸던 공간을 '대충' 가늠했다

이럴 때는 '대충'이라는 말이 오히려 정확했다
그의 손가락이 가리키는 방향으로 배는 미끄러지듯이 달려갔다

세상의 모든 시곗바늘이 정지했다
바람도 그치고 소리도 그치고 빛도 멈추었다
슬픔도 그치고 사물들의 파동도 멈추어 섰다

옛날 내 친구는 이럴 때마다 검붉은 신의 물방울을 입속에 넣고
우물거리며 눈을 지그시 감았다
그의 모습은 어딘지 모르게 오랜만에 사람의 피를 머금은 굶주린 드라큘라와 닮았다
신의 숨결을 혀끝에서 콧구멍까지 ㄱ자로 꺾어지는 곳에서는 느낄 수 없다고 했다
오히려 혀뿌리와 아랫니 사이의 딱딱한 점막과, 콧구멍이 아닌 양쪽 콧방울 바깥 부분의

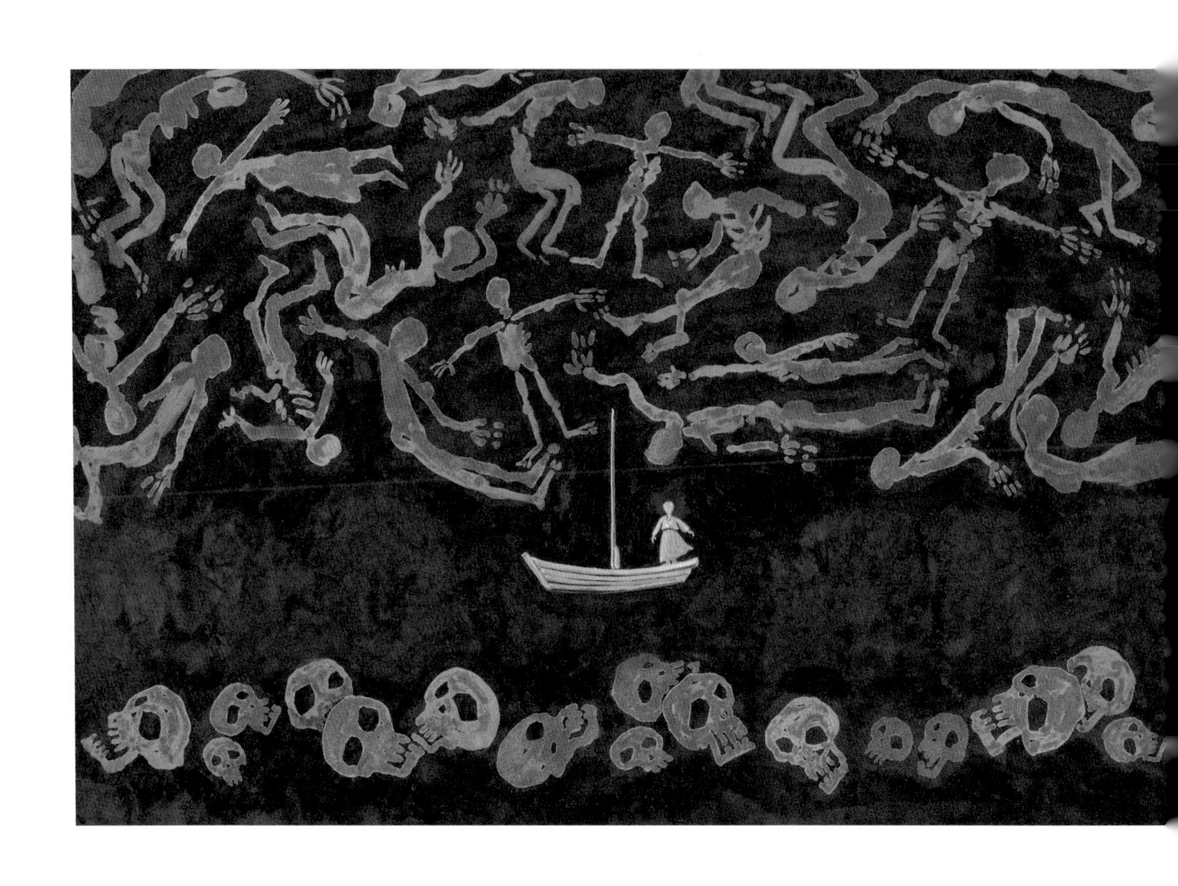

문자 | 30×45cm | 종이에 먹과 수채 | 2012. 7. 12

피부조직에서 신의 향기를 느낄 때 비로소 신비한 세상의 문이 열린다고 했다

빛이 없다,
그렇다고 어둠도 아니다

방향에 속도가 주어지지 않으면 서로 물어뜯고 싸운다
그래서 속도는 가끔 고통스러운 현실을 이겨내는 마약이다
나는 바쁘다
누군가가 내 뒷덜미를 잡아채기 전에
그가 대충 가리키는 방향을 향해 죽을 둥 살 둥 뛰어가야 한다

저 멀리서 하얀 유령이 하나둘 나타나더니 금방 공간을 꽉 채웠다
그들이 유영하면서 서로 몸을 잇대고 구부려 무슨 문자 같은 형상을 만들어 보였다
그리고 뿔뿔이 흩어졌다가는 이내 다시 모여들어서
또 다른 문자나 기호 같은 형상을 만들었다
수없이 그 짓을 되풀이했다

그가 유령들이 만든 형상을 채 해독하기도 전에
그들은 금방 흩어졌다가 다시 새로운 형상을 만들었다
바리가 일어서서 입술을 달싹이며 그 문자들을 읽었다
형상에 별 의미가 없다는 소리글자에서 뜻을 밝히려면
큰 소리로 외쳐 읽어보는 수밖에 없었다

그래서 사람들은 문서를 앞에 두고 자주 목에 퍼런 핏대를 올려서 악을 바락바락 쓴다

새로운 공간은 끊임없이 로그인을 요구했다
유령들이 인증서를 마구 배포했지만 내 머릿속에는 '컨트롤 X'가 미처 깔려 있지 않았다
유령들이 보여주는 문자는 소리글자가 분명하다
그래서 팝업창은 끝끝내 뜨지 않았다

배 밑창에 하얀 두개골이 닿아 긁히는 소리가
마치 외마디 비명처럼 들렸다.

해

세상을 빠져나온 배는
수없이 많은 불덩어리가 떠돌고 모든 것이 활활 타는,
감히 뜨거워서 숨조차 쉴 수 없는 곳으로 들어섰다

하늘에 원래 해가 하나였으되
사람들은 모두 자신만을 위해서 빛을 내는 해를 원했다

사람들은 해를 만들기 시작했다
열 사람이 열 개를 만들고
백 사람이 백 개를 만들고
만 사람이 만 개를 만들고

때로는 한 사람이 수백, 수천 개의 해를 만들기도 했다
어떤 사람들은 눈에 보이는 모든 해를 닥치는 대로 구입했다
많은 수요에 비해 공급은 턱없이 부족했다
더욱 많은 해를 소유하기 위해서 강절도 범죄행위가 여기저기서 일어났다
아침 신문엔 온통 죽은 사람들 소식이었다
모두 해와 관련된 죽음이었다
골목길에서 죽고 안방에서 죽고 술집에서 죽고 운동장에서 죽고

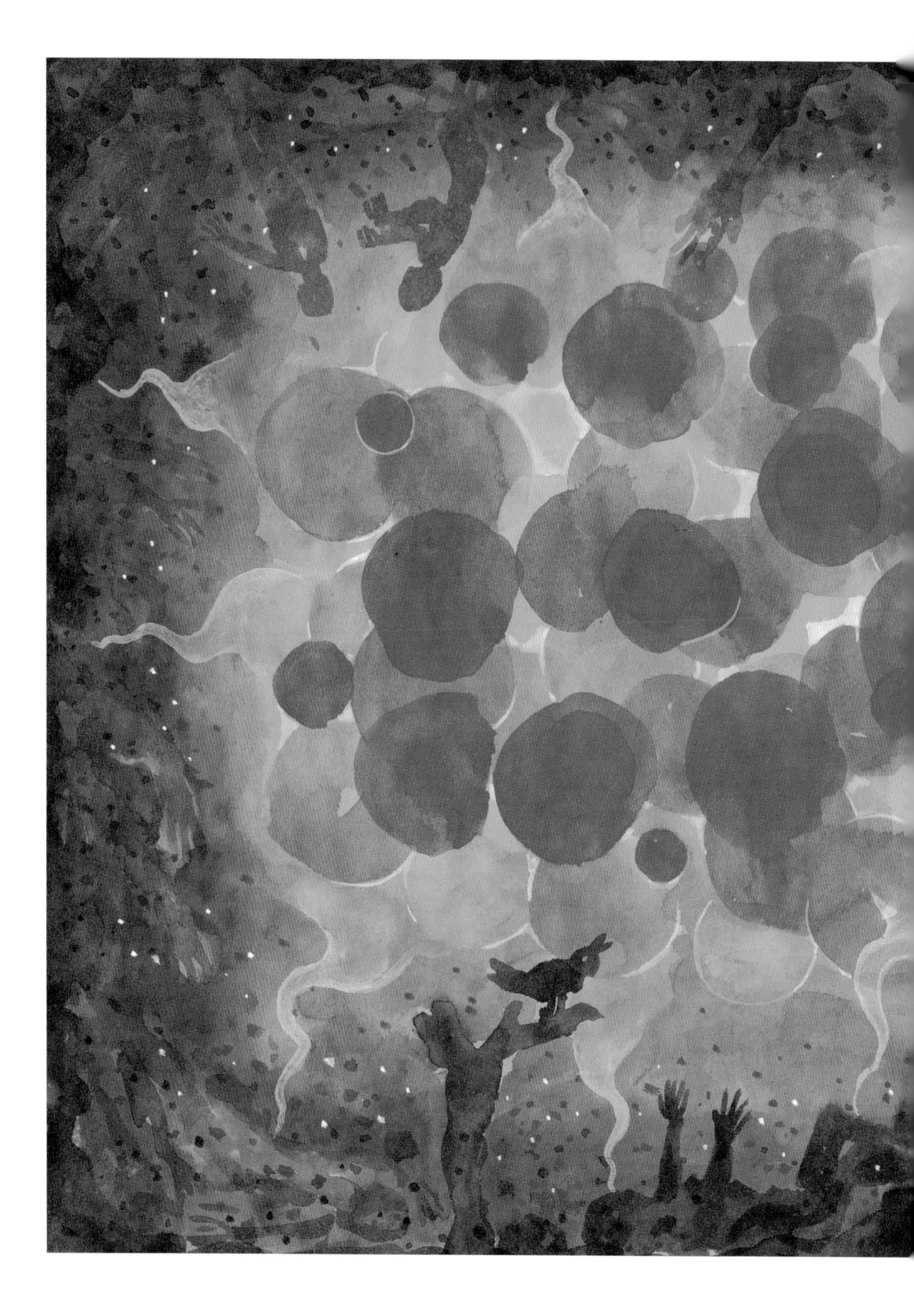

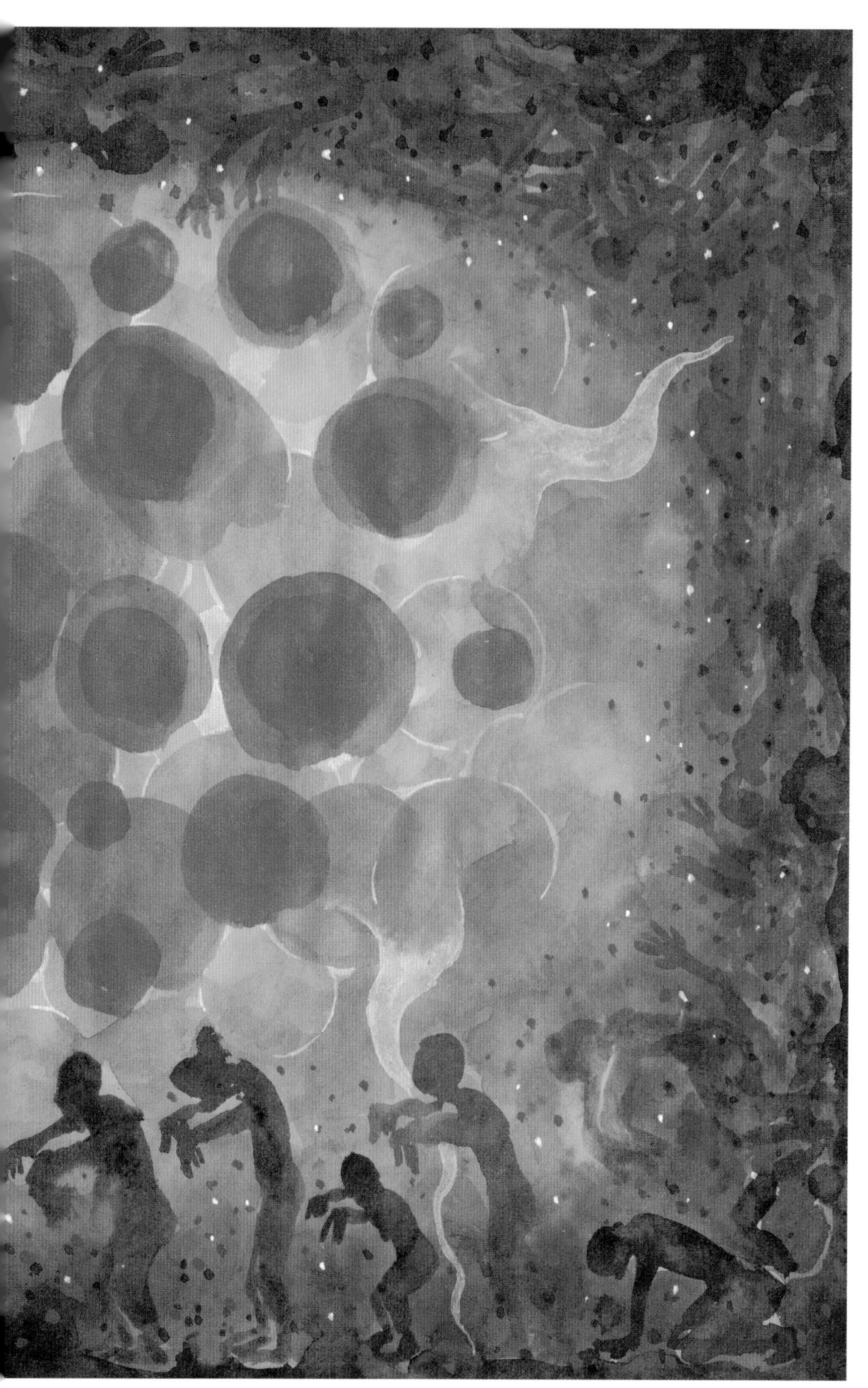

해
30×45cm
종이에 먹과 수채
2012. 7. 14

차 속에서 죽고 지하도에서 죽고 공원에서 죽고
자신의 해를 지키다가 죽거나 강도질하다가 죽었다
해를 더 많이 소유하거나 또는 지키기 위해서 사람들은 총과 칼과 낫과
쇠스랑과 몽둥이와 쇠파이프와 도끼와 톱으로 무장했다

수천수만 개의 해가 동시에 빛을 뿜어내니
빛과 빛이 서로 뒤엉켜 충돌하며 애초에 없었던 기묘한 빛을 만들어내고
세상은 온통 불바다가 되었다

산이 타고
들이 타고
강이 타고
바다가 타고
곡식과 솥과 밥그릇과 숟가락이 타고
사람들이 타 죽었다

누워 있는 사람은 누워 있던 그대로
밥 먹는 사람은 밥 먹던 그대로
앉아 있는 사람은 앉아 있던 그대로
슬피 우는 사람은 울던 그대로
기뻐 웃는 사람은 웃던 그대로
노래 부르는 사람은 노래 부르던 그대로
성교하는 사람은 성교하던 그대로

달리는 사람은 달리던 그대로
서 있는 사람은 서 있던 그대로
모두 타 죽었다

지글지글 타 죽었다
살이 타는 냄새가 지독했다.

쌀 나무

모두 타버리고 남아 있는 것은 두 가지뿐이었다

남은 것 하나, 거대한 쌀 나무 한 그루

검게 타버린 잎사귀에 사람의 혈관이 돌고 있는 벼 한 그루가
새롭게 생긴 빛을 머금고 100척도 넘게 커버렸다

커다란 쌀 나무를 올려다보면서 바리가 말했다

'우리는 분명히 헛것을 보고 있다, 불쌍한 것'

하얀 쌀 열매에 붉은 혈관이 부풀어 올랐다
그가 고개를 가로저었다

'그래, 저것은 허구다
그런데 내 세상에서 경험하지 않았던 것은 모두 허구일까
허구 속에 얼마간의 사실이 숨어 있든
혹은 사실 속에 얼마간의 허구가 숨어 있든
그것은 모두 사실이다

쌀 나무 | 45×30cm | 종이에 먹과 수채 | 2012. 7. 17

사실은 절대 허구 속에 숨을 수 없고
허구는 사실 속에서 도저히 견딜 수 없다'

쌀눈에 박힌 까만 눈망울이 그들을 무심하게 내려다보았다.

눈깔 나무

남은 것 두 번째, 눈깔 나무

빛과 빛이 서로 충돌하여 만들어진 새로운 빛은 모든 것을 가능케 했다
살아남은 소나무 한 그루에서 눈깔 꽃이 피고 사과가 열렸다

존재를 회의하는 것과 존재의 이유를 묻는 것은
필연과 우연만큼이나 전혀 다르다
일정한 정형성으로 모습을 만들어가는 것이 '진화'라고 한다면
'변화'는 예측 불가능한 무정형성이다
무정형의 변화가 필연적으로 수반하는 혼란을 사람들은 두려워했다
그래서 안정과 질서와 법을 강조하는 신을 찬양했다
참! 무정형성으로 이루어진 신을 규율적인 존재로 만들어낸 것은
결국 사람들의 뛰어난 능력이라고 말하지만
사실은 신과 인간이 서로 적당하게 협잡한 결과였다

나는 태연한 척 말했다

'절대 괴상망측하지 않다
사람들은 지금까지 보았던 것에만 익숙해져 있기 때문에

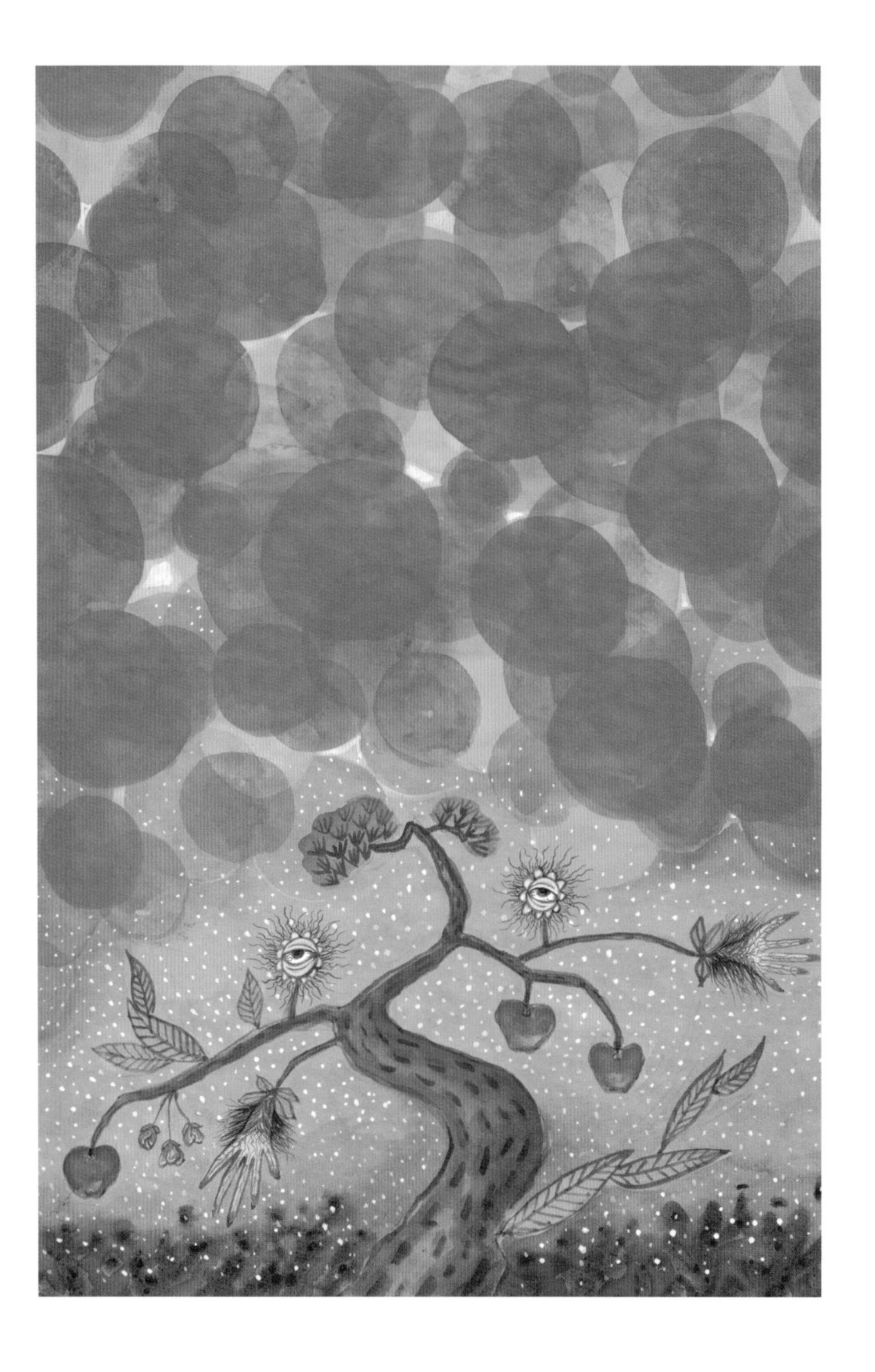

이런 새로운 모습에 대해서 괴이한 반응을 하겠지
저것도 자주 보게 되면 곧 아름다움을 느낄 수 있게 된다'

그가 아는 척 말했다

'저 세 개의 사과,
하나는 인간에게 자유를 가르쳐주었고
또 하나는 존재를 알려주었고
또 다른 하나는 우리를 고독하게 만들었다'

바리는 모르는 척 엷은 미소를 지었다.

눈깔 나무 | 45×30cm | 종이에 먹과 수채 | 2012. 7. 18

햇빛 칼날

떠난다는 것은 사라지는 것보다 훨씬 더 아쉽고 두렵다

마지막 남은 해 하나가
맹렬한 기세로 벌겋게 달아올랐다

햇빛은 예리한 칼날이다
사방으로 뿌려대는 수만 수억의 칼날이
내 몸에 닿는지도 모르게 내 살을 도려내고 있었다

바리의 목소리가 신음처럼 들렸다

'버티는 수밖에 없다
이 고통도 얼마 지나지 않아서 금방 습관이 되면
작은 통증조차 느낄 수 없게 된다'

배 바닥에 납작 엎드려 비명을 지르던 그가 큰소리로 외쳤다

'모르겠어! 내가 왜 이런 고통을 당해야 하는지'

햇빛 칼날 | 45×30cm | 종이에 먹과 수채 | 2012. 7. 19

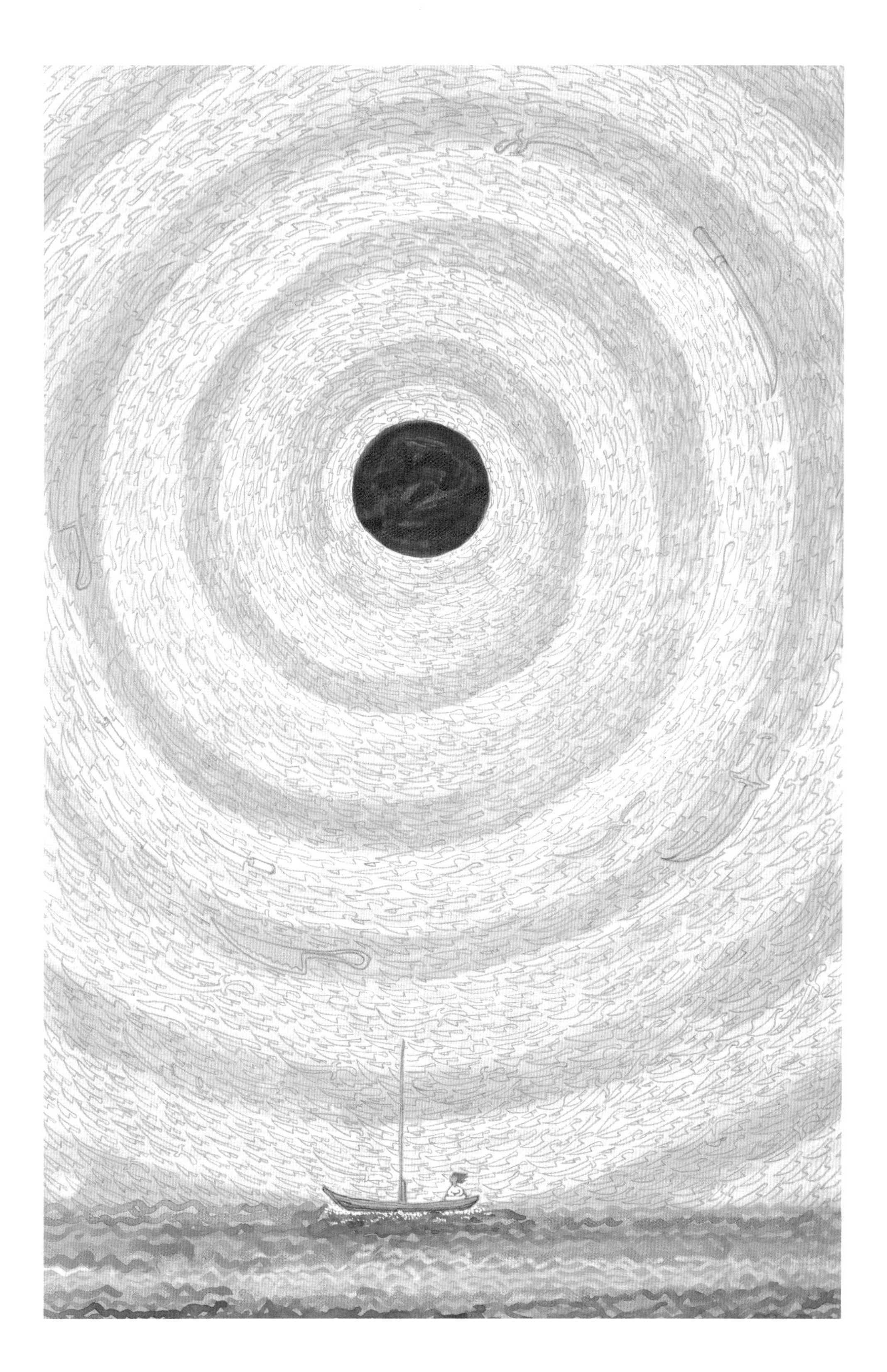

'청대살의 불길을 이제 겨우 건너고 있다
네가 곧 음침한 세상에 들어서게 되면
날이 선 칼날과 같은 이 햇빛을 그리워할 것이다
두려워 마라 너는 너의 아이들과 함께 앞으로도 이런 세상을
수백 번이고 더 마주할 것이다 아무도 이 길을 피할 수 없다
수없이 많은 사람들의 피를 묻힌 손이 너의 손을 곱게 잡아
어루만지는 시각이 바로 그때인 줄 알아라'

나는 햇빛 칼날에 머리를 들이밀며 혹시나 하는 생각으로 바리에게 물었다

'누군가? 그 피 묻은 손은'

'너? 그래 너일 수도 있다
나? 맞아 나일 수도 있다
삶과 죽음에 경계가 없듯이
죽이는 자와 죽임을 당하는 자의 경계가 이미 허물어졌구나
혼자 살기 위해 수천수만의 가여운 목숨을 죽이는구나'

'살기 위해서 죽이고, 죽기 위해서 산다?'

'그렇다 살고 죽는 것은 한갓 변명일 뿐
그러나 인간 세상에서 삶과 죽음을 빼버린다면
그 무엇이 남아 있을까.'

숨통

거센 바람이 바다를 다시 일으켜 세웠다
바람이 도망가는 길의 끝은 어디쯤일까

바리가 이마에 손을 붙여
멀리 눈의 초점을 모았다

'온다
땅속에서 세상을 받쳐 들고 있는 그이의 습한 입김이다
그이가 날숨을 자신의 몸통 속으로 길게 뿜어내어
몸 안에서 오른쪽으로 3만 리를 돌고
다시 왼쪽으로 9만 리를 돌아서 세상으로 나오면
거센 바람으로 변한다'

그는 바리를 바라보면서
땅속 그이의 모습은 분명 저 여자를 닮았다는 생각이
얼핏 스쳐 지나갔다

그가 말했다

'바람은 요괴의 휘파람처럼
들어갈 구멍을 찾지 못한 악마들처럼
죽은 자의 헝클어진 머리카락처럼
그 형체를 알 수 없다'

그가 겨우 여덟 살 때였다
이른 아침부터 건너편 밭에서 개가 미친 듯이 뛰어다녔다
바람 한 줄기가 개의 등줄기에 올라타서 목을 물어뜯고 있었다
개가 아무리 몸부림쳐보지만 그 바람을 떨쳐내지 못했다
결국 개는 고랑창에 주둥이를 처박고 죽었다

동네 사람들은 배고픈 개가 쥐약 먹은 쥐새끼를 먹었다고 말했다
그는 집 바로 뒤편 언덕에 구덩이를 파놓고
죽은 개를 질질 끌고 가서 그 속에 던졌다
딱딱하게 굳은 개를 따라서 바람도 구덩이 속으로 들어왔다
바람은 개의 사체 위에서 맴돌며 똬리를 틀었다
흙을 덮고 그 위를 단단히 밟았다
그는 이듬해 봄에 호박 모종을 그곳에 심었고
고추잠자리가 날아다니는 초가을에 절구통보다 더 큰 누런 호박이 열렸다

나는 그 호박 속에 웅크리고 있는 바람을 보았다
개의 목을 물어뜯던 바람
구덩이 속에 던져진 개의 사체 위에 똬리를 틀고 앉았던 바람

숨통 | 45×30cm | 종이에 먹과 수채 | 2012. 7. 21

그 바람을 보았다

그녀가 말을 이었다

'깊은 땅속 숨통에서 불어오는 이 바람이
세상을 늘 새롭게 만들었다
그러나 이승과 저승을 잇는 길이 막혀버렸으니
이 바람도 결국 길을 잃어버렸구나
제 갈 길을 잃어버린 것들은 자꾸만 괴롭힐 대상을 찾아서 떠돈다
세상도 저승도 서로 괴롭고 고통스러운 것은
가야 할 길이 문득 사라져버렸기 때문이다.'

문

바람은 내 몸속 어딘가를 떠돌고 있다

그날
그들은
그것을 나의 무릎에 꽂아놓고
그렇게 바람을 내 몸속에 불어넣었다

바람이 볼트미터 바늘 침을 흔들었다

몸속 여기저기를 떠돌던 바람은
하늘이 흐리기 직전에 항상 무릎 언저리로 집결했다
들어왔던 그곳이 출구였다
나가는 문을 열어달라고 처음엔 조용히 노크했다
조용히 아주 조용히 사랑하는 사람의 입술을 빨듯이
그러나 문을 열 수 있는 비밀번호는 그들이 갖고 있었다
바람의 노크는 점점 거세졌다
바람은 내 등을 활처럼 한껏 뒤로 젖혔다가 튕겨냈다
나는 어쩔 수 없이 흐느끼듯이 신음을 토했다
밤이 깊어지면서 날카로운 이빨로 문고리를 갉아대기 시작했다

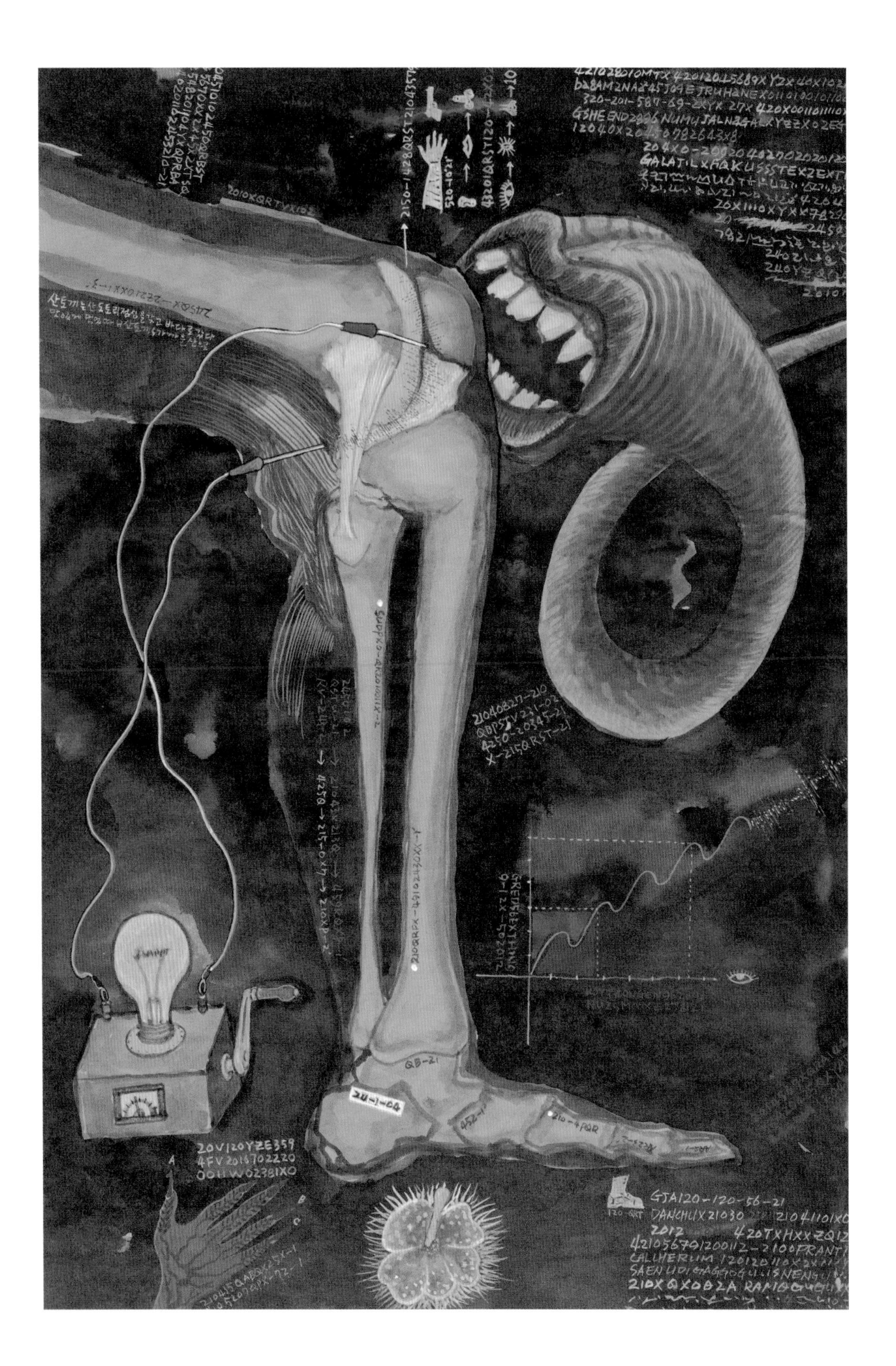
20V120YZE359
4FV 2016702220
0011W02381X0
GJA120-120-56-21
DANCHUX21030
2012
420TXHXXZQ12
CALLHERUM 120120110X2X

나는 언젠가 결코 일을 내버릴 참이다
내 몸속에 든 바람이 모두 내 몸 바깥으로 나가 제 갈 길로 나갈 수 있도록
칼날로 무릎을 주욱 따서 문을 열어줄 것이다
예리한 칼날을 무릎 어디에 박아서 어느 정도 깊이로 어디까지 그어야 할지
손목엔 어느 정도의 힘을 주어야 할지
뼈와 뼈 사이에서 칼날은 어떤 각도로 머물러야 할지
그리고 내가 열어준 문으로 바람이 모두 빠져나간 후에
양쪽 살을 잡아당겨 가는 실로 꿰맬 때 어떤 방식으로 바늘땀을 내야
상처가 모양 좋게 아물 것인지
이미 나는 계획을 마친 상태다

나의 눈에 갑자기 핏발이 섰다

'바람을 만들 수 있는 방법이 나에게 있다
바람을 분석할 수 있는 레시피와 데이터가 내 몸 안에 있다
그것은 탱고처럼, 혹은 블루스처럼, 때로는 지르박처럼 고유한 박자가 있다
내 몸속에 든 바람이 노크 소리로 나에게 가르쳐주었다'

바리가 눈을 꼭 감은 채 말했다

'너의 몸이 먼저 기억을 했구나
그러나 기억한다는 것은 고통이다
바람은 기억이다.'

문 | 45×30cm | 종이에 먹과 수채 | 2012. 7. 24

깃발

바람은 깃발이다
홀로 외롭다
간혹 바람 없이도 펄럭인다

섬은 깃발이다
섬은 바람에 펄럭인다

그들이 탄 배는 섬으로 접근하지 못하고
멀리서 맴돌기만 했다
섬을 둘러싼 하얀 파도가 모두 일어서서
접근 금지 작전을 일사불란하게 펼쳤다
작전명 '가믄섬 하양꽃'
작전 내용 '옥쇄', 너 죽고 나 죽자

그가 피곤한 표정을 지으며 나에게 물었다

'저기 나부끼는 깃발들을 누가 꽂아두었는가'

별도 밤하늘에서 오직 깃발이다

깃발 | 45×30cm | 종이에 먹과 수채 | 2012. 7. 29

바람에 펄럭일 때 깃발에 새겨진 별들이 하늘로 날아가
제각각 박혀서 한자리를 차지했다

'모두 헛되고 또 헛될 뿐이다'

그는 검은 창공과 검은 바다에 깃발을 꽂은 사람으로 바리를 지목하면서
짜증 섞인 목소리로 말했다

'왜 저런 헛된 짓을 하는가.'

바람

'나는 이 바람을 타고 깃발이 되어 흑대살을 통과할 것이다
깃발이 된 내 모습을 너에게 꼭 보여주겠다
자, 잘 봐두어라!'

바리가 수많은 깃발들 중에 흰색 깃발 하나를 불렀다
그리고 공중으로 훌쩍 몸을 솟구쳐 펄럭이는 깃발에 안겼다

깃발이 바람에 세차게 나부끼자
바리의 몸은 함께 펄럭이면서 차츰 깃발 속으로 스며들었다
그녀의 몸과 깃발이 하나가 되었다

나는 깃발을 바라보며 비웃었다

'더 세찬 바람이 불면
너는 결국 깃발에서 떨어져 나가
밤하늘의 별이 되어버리고 말 것이다'

바리의 몸이 요동을 치며 펄럭였다
바람이 일으켜 세운 파도는 섬을 중심으로 하얀 동심원을 그렸다

작전명 '가믄섬 하양꽃'이 절정에 달했다

마지막 날 새벽 그 시간에 식구들은
밖으로 불빛 한 가닥도 새어나가지 못하게
창문마다 이불을 덮어서 가렸다
그리고 모두 엎드려서 방바닥에 바짝 귀를 댔다
아득하게 먼 곳에서 들리는 캐터필러 소리가 점점 가까워 오고 있었다
이젠 방바닥에 귀를 대지 않아도 그 소리가 확연히 들렸다
동네 개들도 두려워서 짖지 못했다
소리가 점점 커지면서 허름한 유리창부터 가볍게 떨리고
부엌 찬장에 포개놓은 그릇 하나가 떨어져 깨졌지만
곧 캐터필러 굉음에 묻혀버렸다
온통 지축이 흔들렸다 방바닥도 벽도 지붕도 새벽 별도 모두 부르르 떨었다
굉음 사이로 쇠바퀴와 쇠 축이 서로 비벼대는 소리가 낄낄대면서 들렸다
가끔 어디선가 외로운 총소리가 가냘프게 저항했지만
탱크의 캐터필러 소리에 무참하게 짓이겨졌다
1980년 5월 27일 새벽 4시

그가 높이 나부끼는 바리를 올려다보며 외쳤다

'홀로 외로운가?'

깃발 | 45×30cm | 종이에 먹과 수채 | 2012. 7. 31

바람 때문에 그의 목소리가 들리지 않았던 것일까
그녀는 여전히 펄럭였다

그렇게 천 년 세월을 세 번이나 지나도록
바리는 홀로 나부끼고 있었다.

나비

'물속에 누워 있으니 이보다 더 편한 곳이 없구나'

물속에 든 바리가 지그시 눈을 감았다
그녀의 가슴에 뚫린 구멍 안으로 돌멩이 하나가 보였다
너무 지쳐서 날기조차 힘겨운 나비 한 마리가 내려앉았다

그는 물속에 잠들어 있는 바리를 물끄러미 바라보았다

'잠들면 안 된다
아직도 갈 길이 멀다'

바리가 눈을 감은 채 말했다

'물은 경계가 없다
너도 내 옆에 누워라
함께 황대살에 들어가자'

나비는 목숨이 다했는지
날개를 비스듬히 뉘었다

아직도 누군가의 울음소리가 물속에서 들렸다
노래도 들렸다
태어나지 않아야 할 것과 사라지지 못한 것들이
서로 싸우는지 북소리가 요란했다

나비의 날개가 파르르 떨렸다.

나비 | 45×30cm | 종이에 먹과 수채 | 2012. 8. 3

커피

보스턴발 비행기가 도착했다

나는 미리 준비를 해야 한다
커피를 볶아서 갈고
물을 정수해서 정확하게 섭씨 98도로 끓여
커피를 내린다
나는 이 모든 것을 한꺼번에 처리할 수 있는 기계를
그가 내 집에 도착하기 전에 만들어야 한다

바리가 하얀 저고리와 치마를 벗어서 가지런히 펴놓고
커피 색깔 검은 물에 누웠다

그녀는 저 검은 물속에서
아무 말도 없이 그냥 잠들어버렸을까

나는 그녀가 숨겨놓은 보자기를 찾아서 아무도 몰래 풀었다
빨간 장미꽃 머리핀과
닳은 칫솔 한 자루와
깨알 같은 글씨가 가득한 메모 몇 장과

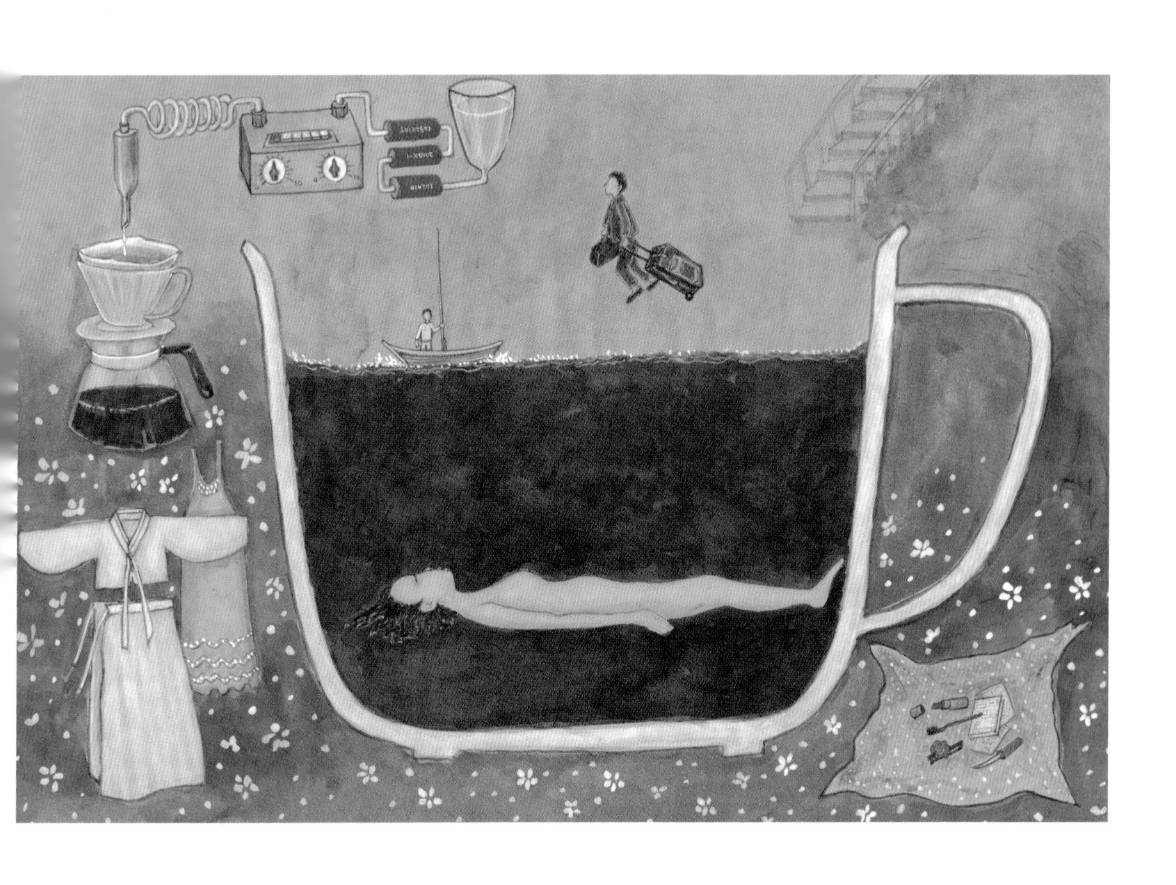

커피 | 30×45cm | 종이에 먹과 수채 | 2012. 7. 14

핑크빛 루즈와
그리고 날이 무딘 작은 칼 한 자루가 전부였다

그녀는 이 루즈를 바르고 어젯밤 누구의 품에 안겼을까
좋았을까

그가 커피 봉지가 가득 들어 있는 캐리어를 끌며
천천히 입국장을 빠져나왔다

에티오피아 판타지, 애니버서리 블렌드, 코나 리저브,
수마트라, 아라비안 모카, 리버 구라 피베리, 아비시니아 –all Peet's Coffee,
과테말라 안티구아, 케냐 더블에이, 콜롬비아 메델린, 브라질 이과수,
인도네시아 아체 만델링, 예멘 모카 바니, 저먼 야콥스

벌써부터 다양한 커피 향기가 내 코끝을 맴돌았다
분쇄할 때 커피 가루의 입자 크기를 내 맘먹은 대로 조정할 수 있어야 해
커피 맛을 깔끔하게 얻기 위해서는 드립퍼에서 유리 서버까지의 경로가 가장 중요하다
그 좁은 곳에서 물의 양과 속도를 조절할 수 있는 섬세한 장치다
나는 도면을 다시 면밀하게 살펴보았다
커피와 키스는 서로 닮았다
스트롱과 소프트
핫 앤 스위트

커피와 키스는 서로 하는 짓이 똑같다

바리가 벗어놓은 하얀 치마저고리 뒤쪽에
분홍색 이브닝드레스가 보였다.

물

'내 몸 한쪽은 뜨거운 핏빛 빨간색이고
다른 한쪽은 짙푸른 색이 너무 춥다

그 둘이 서로 좋아서 만났다가 서로 미워서 싸우다가
삿대질을 하면서 서로 등지다가
서로 쇠끝을 가슴에 깊이 박아 비명을 질러대며 증오한다

내 몸은 하얀 백지와 같아서
햇빛 좋은 날이 쓰여 있고
구름이 잔뜩 그려져 있고
이슬비 내리기도 하고
폭우가 앞뒤를 분간 못 하게 쏟아지기도 한다

내 한 몸 안에
천둥과 햇빛과 바람과 구름과 새와 이슬과 서리가
모두 들어앉았다
새싹이 돋고 꽃망울이 터지고 누런 이파리를 떨구고 하얀 눈이 쌓인다
큰 짐승 작은 짐승이 깃들고 하염없이 하늘을 날던 새도 하룻밤 쉬어간다

물 | 45×30cm | 종이에 먹과 수채 | 2012. 8. 8

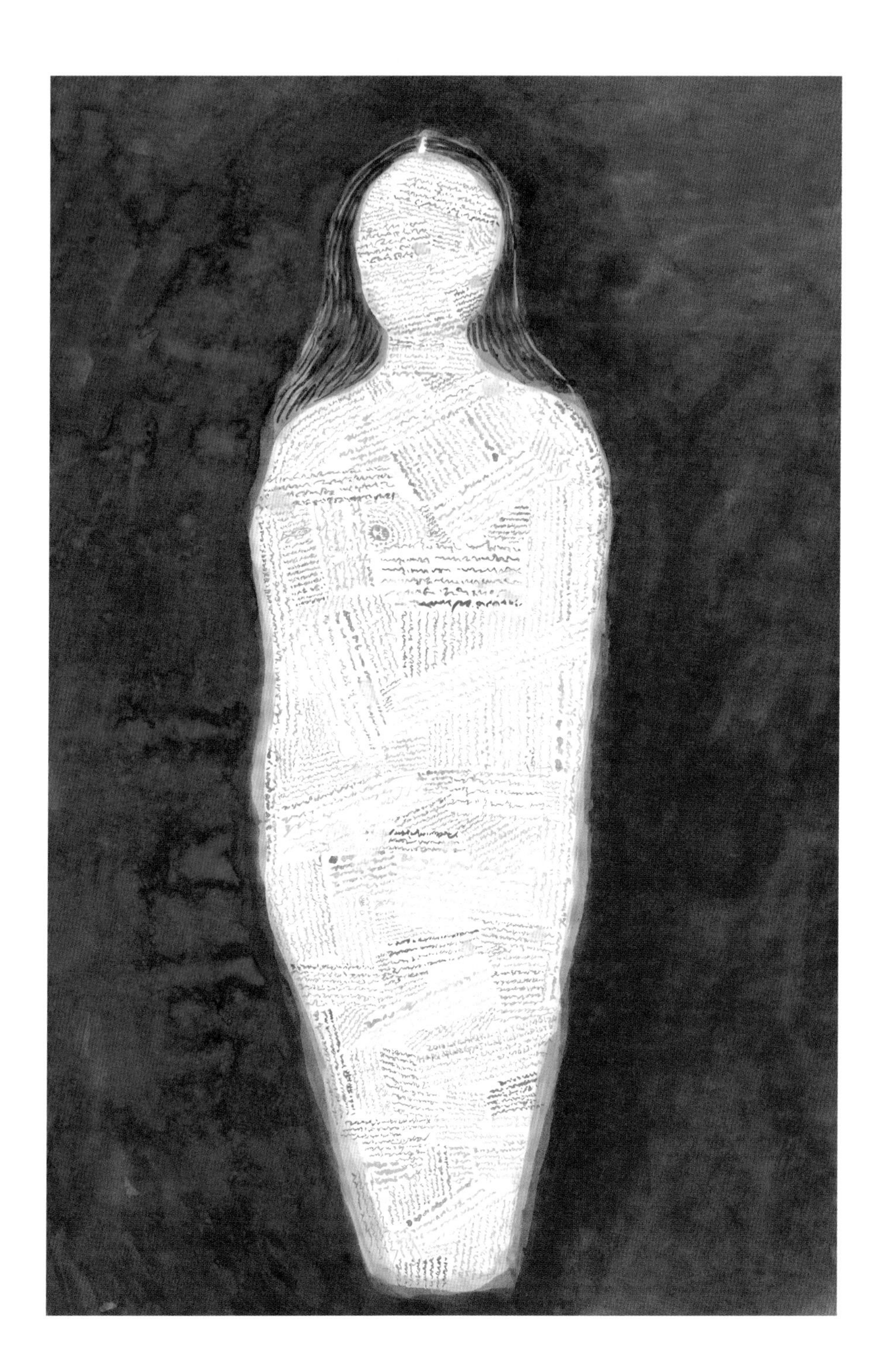

이제 그대가 내 몸속으로 천천히 들어올 시간이다'

그는 잠시 머뭇거리다가
바리의 몸속에 오른발을 먼저 딛고
왼발을 마저 딛었다. 그러기까지
천 년의 세월이 흘렀다.

강바닥

바리가 강바닥에 길게 눕자마자
쇠붙이 벌레들이 앙금앙금 기어와서
그녀의 살점을 물어뜯기 시작했다

사람들은 구경만 할 뿐 아무도 말리지 않았다
특히, 쇠붙이 벌레들이 그녀의 젖꼭지와 자궁을 물어뜯을 때는
구경하던 사람들도 황홀하게 몸을 떨었다

그녀의 몸이 서서히 무너졌다

강바닥에 잠겨 있는 그녀의 새끼손가락 끝이 말을 했다

'저승길에 드는 것이 이렇게도 힘이 들까'

그녀의 살점을 뜯어서 쌓아 올린 언덕에 그가 자리를 잡았다
활을 강하게 그었다
첼로 몸통이 벌벌 떨며 두 개의 곡소리를 냈다
유장한 레퀴엠을 바탕에 깔고
〈아름다운 강산〉이 재즈풍으로 편곡되어 겹쳐졌다

강바닥 | 30×45cm | 종이에 먹과 수채 | 2012. 7. 14

'찌이~엥~ 짜아~엥이~에엥 츄~웅~ 찌~이잉~엥
찐찌찐찌 찐지리링 찡찌리찟찌지리젱 찟찌리징'

그녀가 또 새끼손가락 끝으로 말했다

'산이 움직이면 난(亂)이요 강이 막히면 병(病)이 든다
이제 이 땅 어디에도 내 한 몸 편하게 누울 곳이 없고
내가 태어난 강마저 이렇게 내 살을 뜯어 먹는 일에
환장을 하고 있으니, 내가 곧 떠나야 할 시간이 되었는가 보다'

곡소리에 맞추어 그녀의 몸은 갈기갈기 찢겨
황대살을 지나 너른 바다로 흘러갔다.

달

내 눈을 홀리는 교교한 달빛이
인연의 끈을 길게 드리운다

바리와 그는 지친 기색이었다
그가 달빛 한 자락을 손바닥에 올려놓고 말했다

'이 아름다운 밤을 보았으니 이제 죽어도 여한이 없다'

억지 잠을 청하고 있던 나는 그녀의 노래를 들었다
달빛이 내는 소리 같았다
빛이 가녀린 소리가 되어 구만리장천 검은 밤을 타고 내려와
바늘 같은 솔잎을 어루만지고
굽은 등을 쓸어주고
굵은 뿌리에서 이슬이 되어 스며들었다

'인연은 아름답다
인연을 통해서 우리는 세상에 존재하거나 또는
세상에 존재하지 않는 것까지 모두 만날 수 있다
그러나 저 인연의 끈이 너를 영원히 지켜주지는 못한다

인연은 순간이고 그 순간과 순간들이 아무리 쌓이고 쌓여도
결국 순간이다'

나는 몰래 수첩을 꺼내 볼펜으로 끼적이며 계산했다

$0 \times 0 \times 0 \times \cdots \times 0 \times 0 = 0$

$0 \pm 0 \pm 0 \pm \cdots \pm 0 \pm 0 = 0$

$0 \div 0 \div 0 \div \cdots \div 0 \div 0 = 0$

숫자로 하는 계산은 정확하다
세상의 모든 것은 숫자로 기록된다
나는 숫자로 확인하지 않고는 절대 아무것도 믿지 않았다

마찬가지로 사람들을 속이는 가장 좋은 방법도 숫자 속에 있다
그러나 같은 숫자를 배열하면 사람들은 의심한다
77, 55, 99, 33……
그리고 가까운 숫자의 배열도 의심을 산다
78, 45, 12……
또한 짝수끼리, 혹은 홀수끼리 배열하는 것도 의심의 여지가 있다
68, 24, 35, 97, 31……

숫자에 속아서 일어났던 역사적 사건은 의외로 많다
너도 속고 나도 속았다

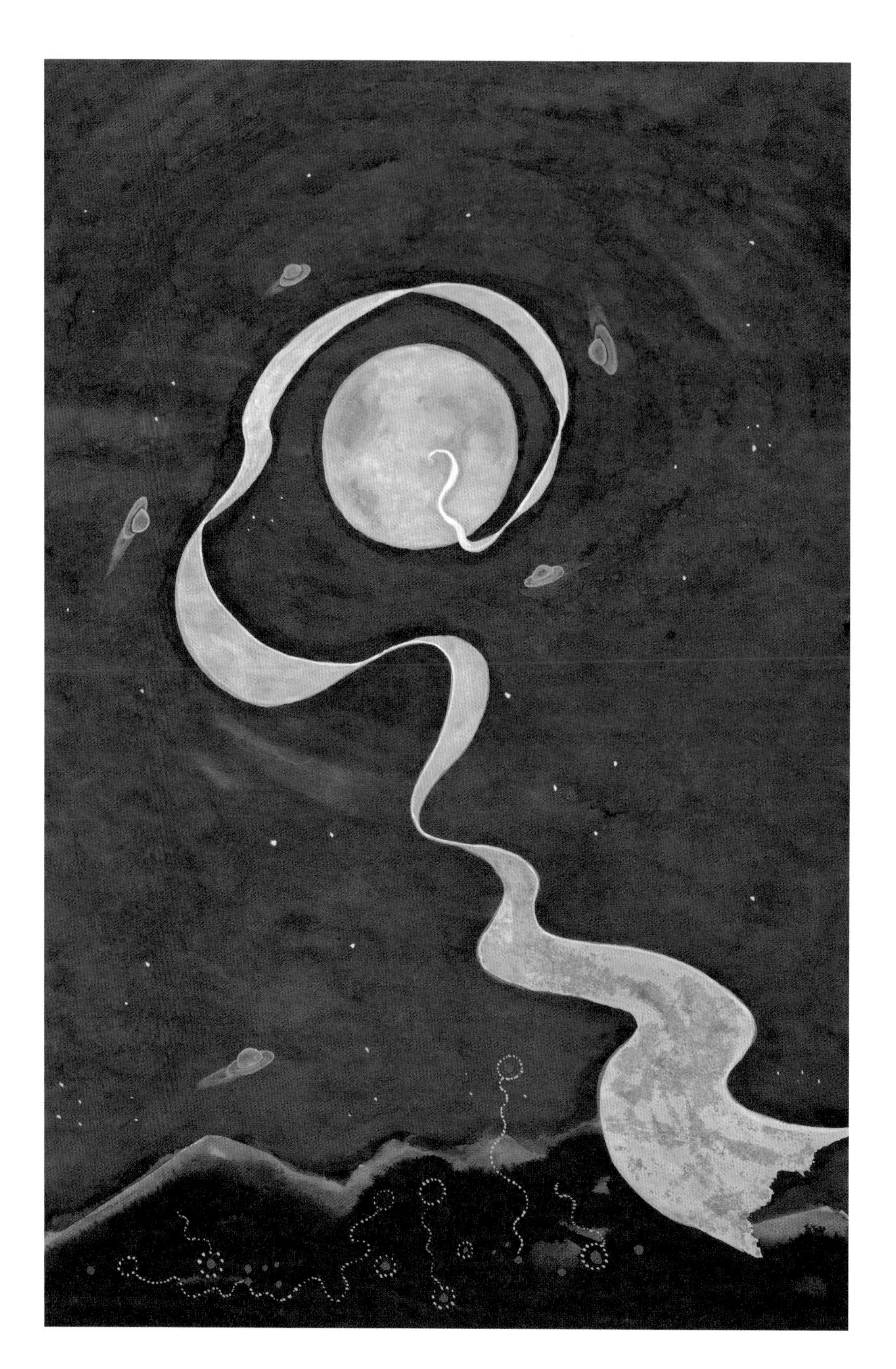

그리고 산처럼 침묵을 지키고 있던 군중들도 속았다
숫자는 일정한 에너지가 없지만
세상을 송두리째 속일 수 있는 엄청난 비밀이 숨어 있다

저들은 검은 기름 대신에 달빛을 에너지로 사용한다
달빛을 공급받기 위해서 UFO가 날아왔다

그녀가 의미심장하게 말했다

'기억해라 영원도 순간이다'

산 아래 컴컴한 곳에서
저 허무한 인연의 끈을 잡으려는 온갖 도깨비들이
불을 밝혔다.

달 | 45×30cm | 종이에 먹과 수채 | 2012. 8. 10

인연의 끈

인연의 끈에 묶여 있는 여인을
달빛이 마음껏 홀려대고 있었다

상상력은 밤이 되어야 비로소 날개를 활짝 편다

그가 검은 옷 여인에게 날아가려고
막무가내로 몸을 공중에 띄우려 했다
바리가 엄지발가락으로 그의 바지 끝단을 꾸욱 밟았다

'가지 마라
상상력은 네 몸 안에 있다
저 여인이 너에게 줄 상상력은 눈곱만큼도 없다'

나는 그녀의 표정에서 자신도 어찌할 수 없는 질투심을 읽었다
그러나 그는 쉽게 포기하지 않았다

'저 여인이 나에게 보여주는 것은
슬픔이나 기쁨이나 그런 감정이 아니다
저 여인의 몸을 투과한 달빛이 이미 내 몸 안에 내려앉았으니

인연의 끈 | 45×30cm | 종이에 먹과 수채 | 2012. 8. 11

이제 나는 어떤 인연도 두렵지 않다'

나는 그가 눈치채지 못하도록
바리의 허리춤을 손가락으로 두 번이나 찔러주었다
그가 떠나지 못하도록 꼭 붙들라는 의미였다
그녀는 태연하게 말했다

'그래, 가거라'

이번엔 내 손이 그의 소맷자락을 강하게 잡았다
그가 내 손을 홱 뿌리치면서
여인을 향해 몸을 날렸다

눈부신 달빛이 그를 강하게 빨아들였다
그의 몸에 점점 가속도가 붙으면서
한 줄기의 달빛으로 변했다

그가 여인의 몸속 깊이 빨려 들어가는지
여인의 눈꺼풀이 잠깐 씰룩거리면서
아랫입술을 지그시 깨물었다

달 뒤편 밤하늘 끝에서
쇠로 만든 코끼리 떼와 플라스틱으로 만든 기린과 나무로 만든 소 떼들과

종이로 만든 개 떼들과 밀가루로 만든 말 떼들이
쇠사슬과 울긋불긋한 철릭을 목과 등에 두르고
뽀얀 먼지를 날리며 어디론가 진격하고 있었다

오늘따라 바리의 눈이 더욱 외롭다
그녀의 눈 속에 또 다른 달 하나가 둥 떠올랐다.

하얀 옷고름

나는
달빛을 도마 위에 길게 뉘어놓고
날 선 칼로 채 썰었다

채 썰 때는 쌍둥이표 칼보다는
섬진강 하구 화계장의 대장간 칼이 훨씬 더 편했다

달빛 속으로 칼날이 들어갈 때
칼은 아름다운 소리로 울고
이어서 도마가 박자를 받아주었다

달빛의 조각들이 좌로 우로 서로 방향을 달리할 때마다
욕망의 밀도와 질감이 다른 모양으로 변했다

그 욕망의 예민한 조각들이 바리의 몸을 향해 일제히 달려들었다
날카로운 손톱이 그녀의 머리통을 옥죄었다
어느 손 하나가 그녀의 몸속에 들어가 헤집었다
어느 머리 두 개가 그녀의 살 속에 처박혀 긴 혀로 날름거리며 핥았다

하얀 옷고름 | 45×30cm | 종이에 먹과 수채 | 2012. 8. 13

그들의 힘이 강할수록 바리의 몸은 하얗게 빛났다
그녀가 더욱 단단하게 몸을 닫아걸면서 말했다

'그들을 모두 받아내기에는 내 몸이 너무 작다'

나는 채 썰던 칼을 내려놓았다
그녀가 차라리 모든 것을 포기하고
난폭한 그들에게 자연스럽게 몸을 열어주는 것이 좋겠다고 생각했다

달빛 쪼가리가 끊임없이 달려들어 그녀의 몸속으로 파고들었다
그녀의 하얀 몸이 점점 열어지더니 이내 사라지기 시작했다

이제 바리의 목소리만 가늘게 남았다

'나는 달이 내려주신 녹대살을 건너고 있다
그런데 신발을 벗어놓고 황급히 와버렸구나
벌써 아홉 개의 산과 다섯 개의 바다를 지나고 있다
되돌아가기에는 이미 늦었다'

그녀가 사라진 자리엔
단정하게 묶인 하얀 옷고름만 남아 있었다.

지하

저 집, 지하엔 책상과 의자와 욕조가 나를 기다리고 있었다
지하 방바닥에서 정확하게 1.2m 아래 땅속에
바리가 찾던 알이 숨겨져 있다

계단을 내려가고 또 내려가면
그놈들, 셋이 나에게 흙물을 강제로 먹이면서
바리와의 관계를 캐물었다
사카린을 넣은 흙물은 역한 곰팡이 냄새와 함께
너무 달아서 편두통을 가져왔다

나는 바리와 함께 했던 모든 일을 빠짐없이 말했다
그러나 내가 말을 하면 할수록
그녀는 점점 더 이번 사건의 핵심 인물이 되었다

계단을 내려가고 또 내려가면
절대 다시 되돌아올 수 없는 방이 있다
그날 청와대 녹색 지붕은 더욱 독기를 내뿜었다

바리는 지금 어디쯤에서 헤매고 있을까

지하, 내려가고 또 내려가서 더 깊은 곳에 숨겨져 있는
알을 찾아내 빨리 깨부수지 않으면
우리는 죽을 수도 있었다

효자동 입구에서 청와대 정문 쪽으로 가는 길에
오늘도 그는 리어카를 세워놓고
액세서리 장사를 하고 있다
리어카 밑에 지하로 내려가는 비밀 통로가 있다
바리는 저 촌스런 액세서리에 관심을 보일 것이다
그녀가 저 액세서리로 몸 이곳저곳을 위장한다 하더라도
사람들은 그녀의 얼굴을 쉽게 알아볼 것이다
목걸이와 뺏지 그리고 팔찌와 브로치와 펜던트
완벽하게 위장하기엔 너무나 작은 물건들이다

계단을 내려가고 또 내려가면
나는 집으로 결코 돌아가지 못한다
그러나 알을 찾기 위해서 저 계단을 내려가고 또 내려가야 한다

계단을 내려가고 또 내려가면
나는 결코 살아서 돌아올 수 없다
하늘로 치솟은 알록달록한 처마는 그 끝을 알 수 없고
지하로 내려가는 계단도 그 끝을 알 수 없다

지하 | 45×30cm | 종이에 먹과 수채 | 2012. 8. 14

지하는 365일이 모두 밤이다

그런데 오늘

그녀는 어디쯤에서 헤매고 있을까.

흙

백악산 아래 건물들은
땅속 방들끼리 작은 통로로 이어져 있다

바리는 사다리에서 내려와 잠자리를 펴고
그를 기다렸다
그러나 그는 이미 오래전에 피살되어
저 해골 더미 속에 누워 있을지도 모른다

누군가가 긴급 뉴스를 듣기 위해서 12석짜리 소니 라디오를 켰다

나는 일을 그르쳐 엉뚱하게 된 것이라고 생각했다
수명이 다한 군용 지프의 엔진 소리가 너무 두렵다

아무리 둘러봐도 이 한 몸 숨길 곳이 없다

그해 여름 두 달 동안 삼촌은 큰항아리 속에 숨어 지냈다
백악산 등성이에 세워진 감시탑은 날이 갈수록 더 높이 올라갔다
카메라는 날마다 하나씩 더 늘어났다

매일 밤 야경꾼이 골목을 지나간 후에
할머니는 식은 밥 한 덩이를 담은 두레박을 땅속 깊이 내려보냈다
항아리 속 삼촌은 아직 죽지 않았다

그는 영원도 순간이라는 바리의 말을 기억했다

멋쟁이 그이가 살았던 33년 짧은 세월은 영원이다
그이가 죽임을 당한 후 지금까지 2천 년 동안의 긴 세월은 순간이다
영원과 순간이라는 말은 길고 짧은 것을 두고 구별하는 것이 아니었다

골목길 바깥에서 밤마다 총소리가 들렸다
그래도 사람들은 죽음보다 깊은 잠에 빠졌다
누군가가 죽는 대신에 누군가는 살 수 있었다

나는 두 거인 A와 B가 싸우는 모습을 빨간 우체통 뒤에 숨어서 지켜보았다
그들이 발을 굴릴 때마다 땅이 흔들렸다
그날은 B가 A의 배 위에 올라타고 목을 조르기 시작했다
목이 뚝 부러지는 소리가 마치 굵은 장작개비 부러지는 소리만큼이나 크게 들렸다
B는 숨이 넘어간 A의 사지를 갈기갈기 찢고 배를 갈라 생간을 씹었다
그리고 A의 머리통을 높이 들어 올려 몇 번이나 땅바닥에 패대기치더니
누런 이빨로 물어뜯기 시작했다
귀와 코를 물어뜯어 뱉어내고 위아래 입술을 꽉 깨물고 힘껏 잡아당겼다
양쪽 볼이 부욱 찢어지면서 목덜미 아래까지 벗겨졌다

흙 | 30×45cm | 종이에 먹과 수채 | 2012. 8. 15

이마에 이빨을 박아 두피를 벗겨냈다
머리카락을 움켜쥐고 뒤통수를 주먹으로 두어 번 내리쳐서
눈알을 빼냈다
그리고 B가 여기저기 두리번거리더니 가로수 은행나무 가지에
A의 허연 해골을 걸어놓고 한참 바라보다가 어둠 속으로 휘청거리며 사라졌다

이런 난리가 났어도 백악산 아래 도시는 고요했다
나는 날이 밝기 전에 A의 시신을 치워야 한다며
리어카와 가마니 조각을 찾았으나 눈에 마땅한 것이 전혀 들어오지 않았다

할머니가 두레박으로 내려준 마지막 밥을 먹은 다음 날 아침이었다
긴 총으로 무장한 사람들이 대문을 밀치고 한걸음에 대청으로 올라와
마루 판자를 뜯어내기 시작했다
집 뒤를 지키고 있던 사내가 소리쳤다
'담을 넘어서 논으로 튄다'
한 사내가 긴 총을 겨누었다
'따쿵'
논바닥에 쓰러진 삼촌은 다시 일어나지 못했다

또 어디선가 오와 열을 맞추어 뛰어오는 발자국 소리가 들렸다
호각 소리가 짧게 들리고 다시 총소리가 울렸다

아무리 둘러봐도 이 한 몸 숨길 곳이 없었다.

땅

아무리 예쁘거나 복잡하게 생긴 것이라도
결국 흙으로 만들어졌을 뿐이다

사람의 몸이 흙으로 만들어졌듯이
사람의 이름도 흙으로 만들어졌다

그래서 나는 바리가 그의 이름을
큰 소리로 부르지 않는 이유를 이해한다
그녀의 목소리는 항상 물기에 젖어 있기 때문이다

이 혼돈을 길거리의 저 수많은 신호등으로는 절대 제어하지 못한다

그가 거꾸로 매달려 있거나
의자에 결박당해 있거나
숨진 채 욕조에 누워 있거나
빌딩은 항상 무표정했다

빌딩의 어느 창에서 새로운 목표가 만들어졌다
또 다른 창에서 목표에 합당한 방향이 설정되었다

건너편 빌딩의 어느 창에서 전략이 수립되었다
그리고 다른 창에서 전술이 기획되었다
빌딩은 날마다 새로운 음모를 만들었다

빌딩 맨 꼭대기, 불 꺼진 창문에서
사람 그림자 하나가 서성대고 있다

흙으로 만들어진 이름이 혹시나 바스러져 버릴까 두려워서
그녀조차도 큰 소리로 부르지 못하는 이름, 그이일까

내 콧등에 걸쳐진 안경을 2cm쯤 앞으로 밀어내서
창문에 비치는 그림자를 빤히 올려다보았다
가끔 내 안경은 이렇게 망원경 구실도 한다

김평원 그 사람이다
그는 김평원이다
북 한 공 작 원 김 평 원
그가 왜 공작원으로 캐스팅되었는지 아무도 모른다
아무도 그 이유를 밝혀낼 수 없고
그가 존재해야 할 이유가 어떤 요인과 연결될 수 있는지 아무도 모른다

김평원 그 사람도 땅속에 숨겨진 알을 찾으러
이곳까지 온 것일까

땅 | 45×30cm | 종이에 먹과 수채 | 2012. 8. 16

그의 등장은 상황을 훨씬 복잡하게 만들었다

스마트폰에 바리가 보낸 문자메시지가 도착했다

'보았어? 언어는존재를
만들게된다는증거를
너는지금바라보고있지?'

그렇다
23년 전, 나는 '김평원'이라는 이름을 저 땅속 지하실에서 만들었다.

줄자

흙으로 만들어진 모든 것들은 물에 약하다

한 명은 문을 지키고
또 한 명은 그의 머리채를 잡고
또 다른 한 명은 그의 얼굴에 작은 수건을 덮고 주전자로 콧구멍에 물을 부었다

주전자를 들고 있는 사람의 모습이 문득 바리의 얼굴로 변했다
선생님의 얼굴로 변했다
마을 뒷산 바위 보살로 변했다

흙과 관련된 모든 것은 이렇듯 혼란스럽다

하얀 욕조와 하얀 세면대와 하얀 좌변기는
흙으로 만들어진 사람의 살을 녹여버리기 위해
불 속에서 새롭게 태어났다

주전자로 붓는 물길의 높낮이에 따라
물줄기의 굵기에 따라
다양한 고통이 연출되었다

주전자를 든 바리가 뱀 같은 눈으로 물었다

'김, 평, 원, 에게 공작금 5천 달러를 받았지?'

그는 절대 그런 일이 없다며 저항할 기력도 의욕도 잃었다

바리는 돌돌 말린 줄자를 펴서
거꾸로 매달려 있는 그의 몸 각 부위를 재기 시작했다
엄지발가락 길이 45mm, 엄지발톱 넓이 18.5mm, 양쪽 젖꼭지 사이 207mm,
무릎 뼈 넓이 109mm, 허벅지 둘레 471mm

무릎에서 사타구니까지 길이를 잰 다음, 성기의 둘레와 크기를 쟀다

'받았지?'

그가 무슨 말을 큰 소리로 외치자
바리는 즉시 볼펜으로 꾹꾹 눌러서 그의 성기 끄트머리에 받아썼다
창문 밖에서 구경하는 사람들이 서로 먼저 발뒤꿈치를 들었다

바리는 얇은 비닐 랩을 손에 두르고
그의 성기를 부드럽게 쓰다듬었다
성기는 이미 그의 몸이 아니었다
그의 의지로 제어할 수 없었다

줄자 | 45×30cm | 종이에 먹과 수채 | 2012. 8. 17

그녀가 원하는 대로 성기의 모습이 변했다

'받았지?'

쓰레기

'우리들이 이 음습한 곳에서 너무 많은 시간을 지체했다
흙이 만든 백대살에서 벗어나야 할 시간이다'

바리의 말이 끝나자마자 수없이 많은 사람들이
우리의 앞을 막아섰다
그들 손에 든 병장기들이 서로 부딪치는 소리가 요란했다

내가 바리에게 칼을 받아서 그에게 건네주었다
그는 두려워 떨었지만 바리와 나에게 자신의 새로운 힘을 보여줄 수 있는
좋은 기회라고 생각하면서 마음을 다잡았다

'어차피 한 번 죽지, 두 번 죽진 않는다'

그는 무슨 까닭인지 이 칼이 낯설지 않았다
오른손에 든 칼을 앞으로 내밀어서 여기저기 검게 녹슨 칼날을
왼 손가락으로 튕겨보았다

'쨍!'

칼날은 곧 명징한 소리로 응답했다
눈으로 보는 것보다는 귀로 듣는 것이 훨씬 더 정확하다

천 년 전에 그가 후룬베이얼의 넓은 초원에서
사용했던 칼이 분명했다

그가 떨리는 가슴을 억지로 진정시키면서 앞으로 나서자
바리가 작은 소리로 말했다

'저것들은 모두 흙 속에 버렸던 쓰레기로 만들어진 인형이다
인간도 아니고 귀신도 아니다
저들의 어깨 위에 너의 칼이 스치기만 해도 저들 존재는 사라진다
저들의 어깨만 보아라'

그는 손바닥에 침을 한 번 더 바르고 칼자루를 틀어쥐면서 물었다

'저들이 모두 몇 명이나 될까'

바리의 뒤를 따라가면서 나는 벌써 저들의 정확한 숫자를
파악하고 있었다

'아흔아홉'

그는 앞으로 뛰어나가면서 칼을 무참하게 휘둘렀다
칼에서 휘파람 소리가 났다
천 년 전에 초원을 떠돌아다닐 때 많이 들었던 소리였다
다섯 번을 휘두르면 겨우 한 획만이
저들의 어깨를 내리쳤다
처음부터 무리한 짓이었다
그가 거친 숨을 몰아쉬며 물었다

'아직 몇 명이나 남았는가'

'아흔여섯'

그의 등 뒤에 바짝 붙어서 따라가던 바리가 그의 귀에 대고 속삭였다

'칼이 스스로 움직이도록 너의 팔과 손에서 힘을 빼라
그러면 저들의 어깨가 너의 칼날을 먼저 따라온다'

상황이 너무 다급했다
내가 한마디 거들었다

'팔과 손에서 힘이 절로 빠지지 않으면
차라리 눈을 감아라
그리고 닫힌 너의 눈이 칼끝에서 열리게 해라'

그가 눈을 질끈 감아버리자
저들과 대치하고 있는 우리 일행의 모습이
어둠 속 아래쪽에 세밀하게 내려다보였다

'그래, 저들도 죽고 나도 죽자'

칼을 든 그의 등 뒤에 바리가 바짝 붙어 있고
바로 그 뒤에 내가 어정쩡한 자세로 따라가고 있었다

눈을 감고 있는 그의 모습은 그냥 무심했다
칼이 움직이는 대로 손과 팔을 맡겼다
그의 칼질은 처음엔 조금 들떠 있었지만
점차 거침이 없었다
칼의 무게나 칼날의 넓이와 길이에 전혀 구애받지 않았다
그리고 저들의 몸이 무엇으로 만들어져 있는지 알 필요도 없었다
단지 칼날이 저들 어깨를 스쳐 지나가는 감촉으로
저들의 몸이 무엇으로 이루어져 있는지 짐작할 뿐이었다

칼날이 자동차 가솔린 엔진을 반으로 조각내면서 지나갔다
컴퓨터 내장의 각종 보드에 붙어 있는 콘덴서를 자르면서 지나갔다
차곡차곡 개어진 옷가지를 지나갔다
곡식 자루를 지나갔다
산 채로 매몰 처리됐던 구제역 돼지의 썩은 내장을 갈랐다

쓰레기 | 45×30cm | 종이에 먹과 수채 | 2012. 8. 20

그의 칼이 긋는 대로 저들의 어깨가 잘려나가면서
흙과 썩은 냄새와 피로 뒤엉킨 살점이
바짝 뒤를 따르는 내 얼굴에 마구 튀었다

바리가 고개를 돌려 나에게 말했다

'우리가 이렇게 시체들을 징검다리 삼아 백대살을 건너가고 있구나
칼에 맞아 죽은 저들의 시체가 산을 이룬다
내가 백대살을 건널 방법이 꼭 이것밖에는 없었던 것일까'

나는 그런 바리의 얼굴이 가증스럽게 느껴졌다.

소리

저들도 어미의 자궁에서 태어날 땐
목청껏 소리를 내어 울었고
목숨이 다한 날에는 남들이 대신 울음소리를 내었다

'태어나고 죽는 것이 모두 소리다'

그녀가 머리를 끄덕였다

저 많은 주검들의 얼굴을 꺼멓게 지운다고 해서
저들 인생이 만들어놓았던 소리가
가뭇없이 사라지는 것이 아니다

'저들 모두 내 살 속에
잠시나마 머물지 않았던 이가 없으니
내 고단한 몸이 저들의 소리로 가득하구나'

저들 중에 한 사람이 중얼거렸다

'내 이름은 이와모토 타츠오…… 아니, 청주 사람 김효삼이다

나를 고향 어머니의 땅으로 데려가주오'

그 길은 멀고도 험하다
우선
아직까지도 너를 부여잡은 살아 있는 사람들의 손을 뿌리치고
나를 따르라
네가 침묵할수록 살아 있는 자들의 손이 너의 발목을 강하게 묶는다

소리를 질러라
너의 죽음이 억울하더냐
그러면 더욱 크게 소리를 질러라
그 소리가 쌓이고 쌓이면
태산도 너의 길을 막지 못한다

60년 동안 닫힌 너의 입이 그리도 소리 내기가 어렵더냐
스스로 너의 가슴을 보듬고
너의 어깨를 어루만지고
너의 턱을 문지르고
너의 목을 다듬고
서로 체온을 나누며 어르다 보면
잃어버린 소리를 되찾는다

사람의 목숨보다 더 중한 무엇이 있다는 말은 모두 거짓이다

소리 | 45×30cm | 종이에 먹과 수채 | 2012. 8. 21

그 거짓이 너의 억울한 죽음을 침묵하게 만들었구나
영광을 위한 죽음, 국가를 위한 죽음, 사랑을 위한 죽음
그 모든 것이
허무한 미망에 현혹된 죽음이라는 것을 알아차리는 것은 고통이다
영광도 국가도 사랑도 세상의 그 어떤 것도
저들의 이름으로 생명에게 죽음을 호출한다면
바로 그것은 악마의 변태일 뿐이다

세상의 어떤 무엇보다도 사람의 목숨이 더 중한 것이라고,
세상의 모든 사람들, 수백만 수천만의 목숨보다도
더 중요한 것이 너의 한목숨이라는 것을 깨달았다면
소리는 절로 나오는 것을.

파동

소리는 끊임없이 우리의 귀를 헤집었다
소리의 끝은 날카로운 갈고리로 변해
나의 귀를 꿰어 강한 힘으로 잡아당겼다

결국 우리는 산보다 더 큰 괴물을 만날 수 있었다
그는 저 괴물을
세상의 모든 소리들이 서로 뒤엉켜서 만들어진 것이라고 했다
악마인가?

악마?
그런 식으로 너희의 언어로 규정한다면 선마(善魔)가 맞춤하겠군
선(善)이 만든 악마!

나의 손을 꽉 쥐고 있던 그가 뒷걸음질 치면서
괴물에게 꾸짖었다

'왜 죽은 자들의 소리까지 모두 긁어모아
사람 닮은 기이한 형상을 만들어내는가'

그래, 내 몸속에는 낮과 밤으로
세상 모든 소리가 들끓고 있으니
나는 내 몸조차도 주체할 수가 없다

괴물의 붉은 눈에서 탁한 눈물이 쏟아졌다

어디선가 공습경보를 알리는 사이렌 소리가 날카롭게 울렸다
괴물의 몸을 뚫고 수없는 소리들이 빠져나오고 있었다
소리가 괴물의 몸에 구멍을 낼 때마다
산처럼 큰 괴물은 몸서리를 쳤다

모두 가거라
살아 있다는 증거는 오직 욕망뿐이다
내 몸을 떠나는 소리 너희가 갖고 있는
욕망을 한 겹씩 벗기다 보면
종국에는 아무것도 없는 편안한 상태가 될 것이다
그래, 욕망은 껍데기라는 말이냐
이 껍데기를 위해서 목숨 바쳐 살아왔다는 것이냐
욕망이 사라지면 고통스러운 내 몸도, 너희들의 몸도 사라진다

바리가 가슴을 쓸어내리며 말했다

'소리가 그저 단순한 진동이나 파동이더냐

파동 | 45×30cm | 종이에 먹과 수채 | 2012. 8. 21

불쌍하구나

소리를 토해버리지 못하고 가슴에 남아 고이면

켜켜이 쌓여 엉키고 응고되어 가여운 영혼을 만든다

저 괴물의 몸속에 흑대살, 소리가 만든 욕망의 벽을 빠져나가는 길이 있다.'

비명

그들은 밤낮없이 내 앞에 줄을 섰다
줄은 땅끝을 지나 하늘 끝까지 이어졌다

바나나 잎과 갈대 줄기로 엮어진 움막 안에
바리가 홀로 누웠다

그녀가 억장이 메는지 떨리는 소리로 노래를 불렀다

보이느냐
땅에서 하늘까지 줄을 선 저 사내들을
내 작은 몸으로 모두 받아냈느니,

저들이 세상에 토해내지 못한 소리를
내 몸 안 깊은 곳에 박아두었나니,

어떤 이는 내 배 위에 올라와 열병식을 흉내내며
퍼렇게 멍든 눈을 들어 '덴노 헤이카 반자이'를 외쳤나니,

또 어떤 이는 내 몸 위에서 낮은 포복으로 기어 다니며

앉아 쏴 엎드려 쏴를 거푸했나니,

또 어떤 이는 벌거숭이 몸에 비행모만 쓰고 내 몸에 올라와
'너는 아까톰보, 95식 연습기'라며 처음엔 장주비행을 하고
다음엔 쥬가에리와 급강하와 급선회를, 또 다음엔 기리모미를 거듭하였나니,

어떤 이는 고향의 제 어미를 마지막으로 도와드린다며
내 하얀 몸을 바라보고 너의 가슴은 안골 샘 아래 다랑논이요
너의 배는 우리 집 장강 옆 농사 밭이요
그리고 내 위에 올라와 모심고 풀 베는 시늉을 거듭하였나니,

다른 이는 황소보다 더 큰 개를 끌고 와서 내 배 위에 올려놓고
그 개가 하는 짓을 구경만 하면서 소나기 같은 눈물을 흘렸나니,

또 어떤 이는 도라지꽃을 닮은 애인이 보내준 수건이라며
滅私奉公 네 글자가 곱게 수놓인 헝겊 쪼가리를 내 목에 둘러주고
내일 나는 죽으러 간다 다시는 돌아오지 못할 길을 나는 간다
서럽게 피눈물을 흘리며 미친 듯이 내 몸을 핥았나니

또 다른 이는 내 자궁에 거수경례를 하고
지어미를 그리는 노랠 부르며 목 놓아 울었나니,

자신들이 못다 한 모든 소리를

비명 | 45×30cm | 종이에 먹과 수채 | 2012. 8. 23

내 몸에 심어두었나니

베개 옆에는 그들이 놓고 간 빳빳한 군표가 쌓여 있고
밤을 지나 새벽 동이 훤하게 틀 때까지도
움막 앞에 선 줄은 끝이 없었다

바리의 비명 소리가 낭자했다
비명을 지를 때마다 새벽하늘의 별이 하나씩 지워졌다.

씨

바리의 배는 날마다 조금씩 부풀어 올랐다

그와 나는 저녁마다 그녀의 하얀 배를 바라보면서 많은 생각을 떠올렸다

그는 그녀에게 지극정성을 다했다
아홉 개의 산을 넘어 정갈한 물을 길어 오고
하늘과 들판이 닿는 곳까지 달려가서 그녀가 먹고 싶어 하는 것을 구했다

그러나 점점 부풀어 오르는 그녀의 하얀 배를 볼 때마다
나는 기분이 썩 좋지 않았다

그녀의 배 속에 새 생명이 자라고 있다는 이유만으로
억장이 무너지는 심정을 억누르기엔 너무 고통스러웠다
저 하얀 배 속에 든 생명이 과연 누구의 씨앗인지 모르는 것이
고통스럽다는 것이 아니다
모든 인연의 결말은 왜 하필 씨앗이 되어야 하는지
그리고 태어날 아기의 비극적인 운명에 대해서 생각하는 것이
나에겐 큰 고통이었다
그리고 이 고통을 인정하지 못하고 미적대며 시간만 끌고 있는

씨 | 30×45cm | 종이에 먹과 수채 |
2012. 8. 24

못난 사람들에 대한 불신이 나를 더욱 멍들게 했다
그래서 그와 그녀, 이 두 사람의 그런 모습을 볼수록
나는 더욱 서러운 생각이 들었다

그녀는 가냘픈 손으로 하얀 배를 쓰다듬으며 말했다

'배 속에서 봄비가 촉촉하게 내리는 소리가,
작은 새의 날갯짓과,
연둣빛 새싹이 땅을 뚫고 올라오는 소리가 들리지
새벽이슬에 흠뻑 젖은 수련 꽃잎이 벌어지는 소리가 들리지'

그는 잔잔하게 미소를 지으며 고개를 끄덕였다

그녀가 갑자기 딸꾹질을 심하게 했다

'사람들이 만든 새로운 불을 믿지 마라
결국 그 불이 사람들을 태워 죽일 것이다
나는 보고 있다
신령한 빛이 비추는 곳에서 죽음이 시작된다
죽어도 죽은지 모르고 살아도 살아 있는지 모르는 그날에
사람들은 들판에 끝없이 줄을 서서 한꺼번에 발을 구르니
지축이 흔들린다
겨우 살아남은 사람들은 닭이 사람으로 변하고 사람이 쥐로 변해서

사람과 짐승의 경계가 없어지고 땅과 하늘의 경계도 허물어지는
새로운 세상을 보게 될 것이다
그날도 나는 피안의 강을 건너는 작은 배에 앉아 있으니
슬퍼할 겨를조차 없구나'

저런 염병할!
나의 귀엔 그날 새벽하늘에 낭자했던 그녀의 비명 소리만 들렸다

바리의 불룩한 배는 우물가의 만개한 수국 같았다
그러나 그녀의 젖꼭지는 갓 만들어놓은 아기 무덤처럼 보였다

아무튼, 우리는 그녀의 하얀 배를 바라보며
이번 여행 중에서 가장 편안한 시간을 보내고 있었다.

자궁

땅속 깊은 곳으로부터 시작된 진통이
바리의 배 속으로 거침없이 밀고 들어왔다

다급한 상황에서도 그는 침착하게 움직였다
나에게 데운 물과 미리 준비한 것들을 가져오라고 했다

어금니를 꽉 깨문 그녀의 입에서
신음이 새어 나왔다
나는 보기도 두려웠고, 듣기도 싫었다

바리가 허리를 높이 들어 올리면서
여섯 번째 힘을 주었다
살이 찢어지는 소리가 들렸다
붉은 생명 하나가 그녀의 자궁을 열고
밖으로 빠져나왔다

그는 핏덩이를 받아서 내 품에 안겨주었다
아이의 울음소리가 터져 나왔다

또다시 하나의 생명이 그녀의 자궁을 열었다
나는 아이의 배꼽에 달려 있는 탯줄을 이빨로 잘랐다
어미와 아이를 잇는 소리의 질긴 인연을
끊는다고 생각했다
비릿한 피 냄새가 입안에 가득했다

저편 어둠 속에서 사람들이
사다리를 오르내렸다

그와 나는 이렇게 일곱 명의 아이를 받았다
일곱 아이의 조그마한 손과 발가락의 꼼지락거리는 모습은
갑자기 내게 심한 구토증을 불러왔다

어릴 적, 폭우가 쏟아지는 밤이었다
나는 어머님과 함께 등불을 켜고
피 냄새가 진동하는 돼지우리에 들어섰다
돼지 다리 사이에서
일곱 마리의 하얀 새끼 돼지를 받아
짚북데기 위에 조심스럽게 올려놓았었다

지금 일곱 아이의 모습이 그것과 똑같았다

바리의 자궁에서 흘러나오는 피가

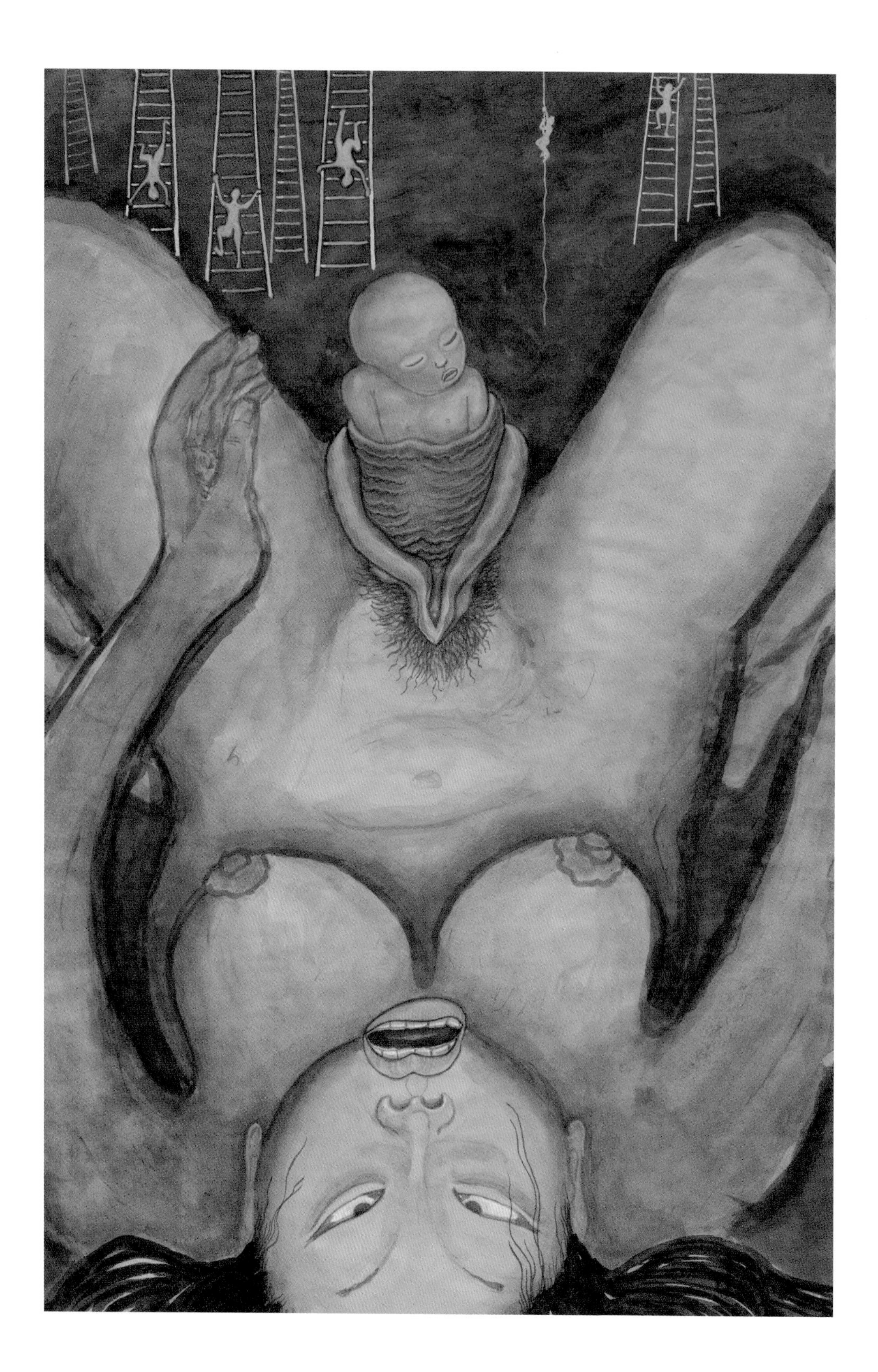

문턱을 넘어 주춧돌을 타고 돌아 돌계단으로 주르륵 흘러내리더니
활짝 핀 목단 밑동을 지나서 마당을 가로질러
대문 밖으로 빠져나갔다

그가 하얀 무명천으로
그녀의 자궁에서 흐르는 검붉은 피를
부드럽게 닦았다

일곱 아이의 우렁찬 울음소리가
푸르스름한 동쪽 하늘을 급하게 열고 있었다.

자궁 | 45×30cm | 종이에 먹과 수채 | 2012. 8. 25

비녀

바리가 아기 일곱을 낳아준 대가로
우리는 소리의 벽이 만든 흑대살을 편안하게 지날 수 있었다
이젠 그녀와 눈길을 마주치는 것조차 심히 부끄러웠다
소리의 벽을 넘어가기 위해서 우리는 그녀의 몸을 팔아먹은 것이나 다를 바가 없었다
나는 이럴 수밖에 없는 우리들의 나약한 존재가 너무나 슬펐다

흑대살을 지나가는 그 시간은 길지도 짧지도 않았지만
사방 천지가 온통 새하얀 슬픔뿐이었다
특히 그 애달픈 소리나 앙칼진 소리가 없어지는 순간은
온 세상이 갑자기 정적에 휩싸여 하얀빛 그것만 남았다

우리는 서로 헤어질 시간이 점점 다가오고 있다는 것을 알면서도
아무도 먼저 이별을 말하지 않았다
그리고 이 슬픈 여행의 마지막 문이
한갓 허무한 꿈으로 연결되어 있다는 것도 서로 잘 알고 있었다

그가 품속에 깊이 간직했던 봉황 비녀를 꺼내어
바리의 머리에 꽂아주었다

나는 그 비녀를 어떻게 그가 갖게 되었는지
바로 엊그제 일처럼 잘 기억하고 있었다

천 년 전 닝안성 전투에서
나의 칼에 목이 잘린 발해 여인으로부터 얻은 황금 비녀였다

나는 해거름 참에 주력군을 모아 닝안성 남문 해진관으로 달려가
밤이 깊을 때까지 싸움을 주고받기로 했다
그 사이에 그는 돌격대를 데리고 야음을 틈타 서쪽 성벽을 넘어서
성주의 처소를 급습하기로 약조했다
나와 주력군이 마침내 밤송이처럼 화살이 박혀 있는 해진관 정문을 열고
잔챙이들의 목을 치면서 성주의 처소 마당에 도착했을 때
그가 이미 처소를 장악한 뒤라서 마당엔 목이 떨어진 시체가 즐비했다
마지막 한 여인이 그의 발 아래로 끌려 나왔다
그가 여인에게 물었다

'오늘 밤에 나를 귀하게 접대하겠느냐'

여인이 눈을 퍼렇게 치켜뜨며 그의 발등에 침을 뱉었다

'지금 나를 죽여라'

그가 여인의 눈을 한참 바라보다가 나에게 말했다

'즉시 목을 따줘라'

나는 칼을 빼서 높이 들었다
칼끝에 하현달이 걸렸다
그리고 여인이 나를 바라보기 전에 숨 쉴 겨를도 주지 않고 내리쳤다
목이 툭 떨어져서 저만치 굴러갔다
내가 칼날에 묻은 피를 옷섶에 문질러 닦고 있는 사이에
그는 밤하늘을 빤히 바라보고 있는 여인의 눈을 감겨주고
머리에 꽂힌 비녀를 빼서 그의 소매에 찔러 넣었다

그날 밤 우리는 승리에 대취했다
내가 잠시 모닥불을 떠나
적들의 시체가 나뒹구는 언덕을 바라보며
다시 내일의 큰 싸움을 두려워하고 있을 때
어둠 속에서 산발한 여인의 머리 하나가
내 발밑까지 데굴데굴 굴러와 피 묻은 입술로 말했다

'기쁜가? 천 년 후에 그의 손에서 내 비녀를 되돌려 받을 것이다'

오늘, 발해 여인의 말대로 이루어진 것일까

바리의 머리에 꽂혀 있는 봉황 비녀가
북쪽 하늘을 향해 황금빛 날개를 활짝 폈다.

비녀 | 45×30cm | 종이에 먹과 수채 | 2012. 8. 25

붉은 꽃

화려한 꽃일수록 날 선 칼을 품고 있다

우리는 흑대살을 빠져나와
붉은 꽃이 한도 끝도 없이 피어 있는 낮은 언덕 위를
바람처럼 날아가고 있다

바리는 어느 때보다도 훨씬 단호해 보였다

'나는 지금 내 몸속으로 들어가는
마지막 문 자대살에 들어왔다
사랑과 미움이 서로 섞여 마음속이 시끄러워지지 않으려면
슬픔은 슬픔대로 두고
기쁨은 기쁨대로 두어라, 휴우
그 두 개가 본디 서로 똑같은 감정의 샘에서 나왔으나
사람들의 가슴에 들어가 서로 다른 것으로 변했다
그래서 사람들은 혼란스럽다
저 두 개의 고유한 영역이 서로 헝클어지고 섞여서
이젠 애통하게 슬퍼할 일도 없고, 휴우
하늘로 날아오를 만큼 기뻐할 일도 없구나

붉은 꽃 | 45×30cm | 종이에 먹과 수채 | 2012. 8. 26

그대로 두어라
슬픔은 슬픔대로 기쁨은 기쁨대로
휴우, 저 꽃들 위에 놓인 도끼와 칼과 톱과 갈고리와 작은 돌칼을
잘 챙겨라, 휴우'

그녀는 말미에 한숨을 크게 쉬었다
나는 갈고리와 톱과 작은 돌칼을 챙기고
그는 도끼와 칼을 들었다

이 붉은 꽃이 바리의 병든 부모를 소생시키는
신비한 생명수(樹)라고 나는 확실하게 믿었다
물론 바리가 이곳 저승을 떠나 이승에 도착했을 때는
이미 죽은 부모를 싣고 가는 상여를 만나게 될 것이다
그녀가 조금도 망설임 없이 상여를 멈추게 하고
관을 열어 붉은 꽃이 머금은 이슬을 죽은 부모의 찬 가슴 위에 뿌리면,
뼈와 살이 다시 붙고 뜨거워진 피가 다시 돌며 숨이 되살아난다

그러나 바리는 이 신비한 꽃에 전혀 눈길조차 주지 않았다
오히려 생명을 죽이는 도구쯤이나 되는 도끼와 칼을 선택한 것이다

내가 알 바는 아니지만
이 상황 자체가 어쩐지 황당하게 어그러진 것 같았다

내가 의아해하고 있는 생각을 그에게 눈짓으로 이야기했다
그는 내 생각을 알았는지 몰랐는지 그의 손에 든 도끼날을
엄지손가락으로 가볍게 쓸어보면서 말했다

'날이 많이 무디어졌다
숫돌을 구해서 날을 세워야겠다.'

몸

'자대살을 빠져나가는 문이 새끼손가락보다 더 좁아서
이렇게 하지 않으면 도저히 지나갈 수가 없다
내가 하는 것을 잘 보아두었다가
너희도 꼭 그대로 따라해야 한다'

바리는 도끼를 들어 자기 몸을 내리쳤다
팔과 다리가 잘려나갔다
그리고 칼로 자신의 배를 그어서 오장육부를 모두 끄집어내어
차례차례 갈고리에 걸었다
각 부위엔 혹시라도 뒤섞일 우려 때문에
이런저런 부가 설명과 함께 번호를 붙였다

어떤 부위는 작은 돌칼로 피부를 벗기고
자신의 살덩이가 다른 이들과는 몇 가지 차이가 있다는 점을
표시해두었다

칼을 든 바리의 손 움직임은 얼마나 날렵하고 재빠른지
바로 옆에서 구경하던 나는 절로 감탄했다
갈고리에 걸려 대롱대롱 매달려 있는 그녀의 머리가 입술을 달싹였다

'모두들 잘 보았느냐
손에서 힘을 빼 칼을 자유롭게 두면
몸이 먼저 칼날이 들어갈 자리를 열어준다
칼날이 무디어지고 닳아지는 것은 뼈와 마주치기 때문이다
칼을 잘 쓰는 사람은 처음에 날을 한 번 세우면
백 년 동안 다시 날을 세울 필요가 없다'

그녀의 칼질은 정확하게 뼈와 살 사이, 살과 혈관 사이를
번개처럼 지나갔다
한 방울의 피도 흘리지 않게
뼈는 뼈끼리
살은 살끼리
힘줄은 힘줄끼리
핏줄은 핏줄끼리
그녀의 몸은 순식간에 해체되어
천장에서 내려온 갈고리에 차례차례 내걸렸다

나는 약간 두렵기는 해도
해볼 만한 일이라고 생각했다
무엇보다도 칼날이 살 속에서 머무르는 시간을 짧게 가져가야 한다
그리고 피부조직을 벗길 때는 근육의 방향에 따라 칼집을 넣어야 한다
이런 몇 가지만 잘 지키면 고통은 최소화할 수 있다

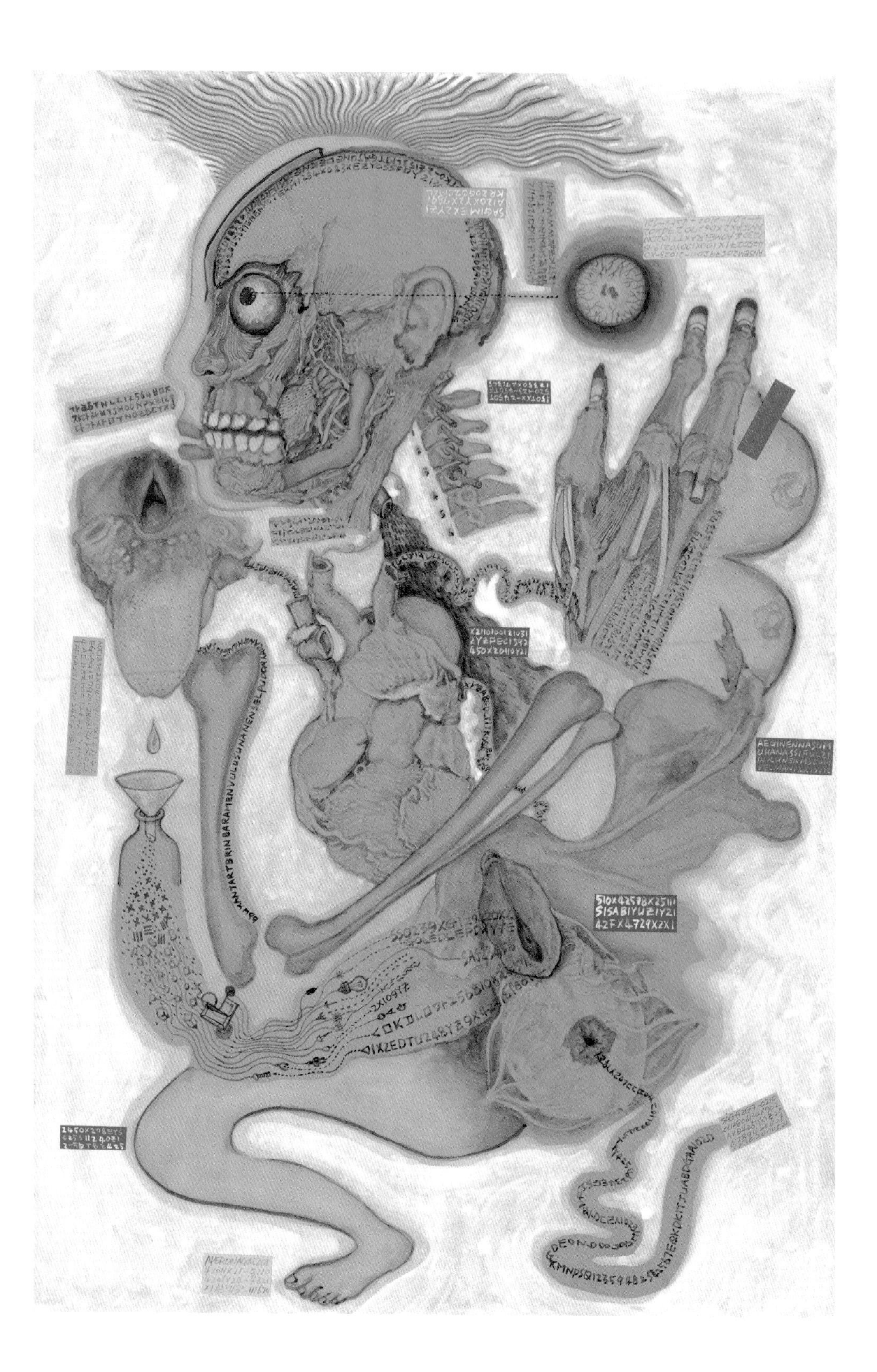
510X42578X25111
SISABIYUZIYZI
42FX4729X2X1

갈고리는 자동 모터에 체인으로 연결되어
자대살을 빠져나가는 좁은 구멍으로 이동되는 것이라고
방금 전에 바리가 말했다.

몸 | 45×30cm | 종이에 먹과 수채 | 2012. 8. 27

콩팥

다음은 내 차례다
막상 도끼를 들고 내 몸을 내려다보니 겁이 나기도 해서
일단 그에게 먼저 하라며 나는 한 발 뒤로 물러섰다

그는 내가 건네준 도끼를 받아서 거침없이 자신의 어깨와 고관절을 찍었다
팔다리를 자르고 배를 쩍 벌려서 창자를 긁어내면서도
그는 신음 한 번 내지 않았다
갈고리에 걸어놓은 그의 심장이
마치 태엽을 감아놓은 장난감처럼 툭툭 소리를 내면서 움직였다

결국 내 차례가 되었다
바리와 그가 했던 것을 자세히 봐두었으니
해체할 부위의 순서를 일단 정확하게 지켜야 한다
그리고 연장을 쥔 손아귀에서 힘을 뺄 것
내 몸이 먼저 칼날을 부를 것

먼저 내 손에 든 도끼로 힘껏 내 왼쪽 어깨를 찍을 때도
소리만 크게 들렸지 사실 별 아픔을 느끼지 못했다
혹시 고통을 느꼈더라도 다른 방법이 없었다

떨어져 나간 팔 한쪽이 바닥에 떨어져 부들부들 떨고,
끝에 달린 손가락은 꼬물거렸다

바리와 그의 몸을 해체하느라 칼날이 좀 무디어진 것 같았지만
칼은 내가 원하는 대로 그 역할을 충분히 수행했다

생각보다 훨씬 수월했다

사타구니 안쪽의 핏줄을 거두다가 작은 돌칼이 삐치는 바람에
정맥 한 곳이 손상된 것 말고는 내 몸이 완벽하게 해체되었다
한 쌍이 있어야 할 콩팥이 한 개밖에 없어서 남은 한 개를 찾느라고
조금 시간이 지체되었다
배 속에서 긁어내어 갈고리에 걸어놓은 창자와 몸통 안쪽을 열심히 뒤져보았지만
오른쪽 콩팥의 행방은 묘연했다
귀신이 곡할 노릇이었다

콩팥 한 개를 팔아서 살림에 보태 쓸 만큼 나의 생활이 곤란하지는 않았다
콩팥을 떼어낼 만큼 큰 사고를 당한 적도 없다
도대체 어디로 갔단 말인가
과연 누가 어떤 목적으로 어떤 방법으로 내 오른쪽 콩팥을
나도 모르게 쥐도 새도 모르게 떼어갔단 말인가

의심나는 곳이 딱 한 군데 있기는 하다

23년 전 서울 남산 지하실에서 조사를 받을 때
몇 번이고 내 정신이 혼미해진 적이 있었다
그때 그놈들이 쥐도 새도 모르게 나도 모르게 내 콩팥을 떼어낸 것이 아닐까
저들은 말끝마다 이런 식으로 나에게 겁을 주었다

'안마! 앞으로 네가 다시는 그림을 그릴 수 없게
두 눈깔을 빼버리든지 열 손가락을 닭발처럼 쪼아 다져서 피죽을 만들어줄 것이다'

그런데 하필 왜 콩팥을 제거해버렸을까
저들이 그날 소주 안주로 아직 김이 펄펄 나는 내 콩팥을
숭숭 썰어서 후루룩 짭짭 해버렸을까
아니면 장기 매매 브로커에게 비밀리에 팔아넘겼을까
아니 어떻게 이런 뱀파이어 같은 일이 벌어질 수 있다는 말인가

그런데 여기 바로 여기 아! 찾았다 찾았어
콩팥 한 개가 오래전에 퇴화해버린 채 빼쩍 마른 탱자처럼 굳어져
큰창자와 작은창자 사이의 기름 덩어리 속에 숨어 있었다
내 몸속 콩팥 한 개가 퇴화해 제 기능을 못 하고 있다는 것을
나는 이제야 비로소 알게 되었다

사타구니 쪽의 손상된 혈관에서 피가 한 대야쯤 쏟아졌다

해체된 몸이 부위별로 갈고리에 대롱대롱 매달려 있다가

콩팥 | 30×45cm | 종이에 먹과 수채 | 2012. 8. 28

즉시 모터 돌아가는 소리에 체인이 움직이면서
자대살을 빠져나가는 구멍으로 슬슬 움직이기 시작했다
부위별로 잘 정리해놓은 붉은빛 고깃덩어리가 일렬로 줄을 서서
느린 속도로 행진하고 있다
이 고깃덩어리들은 단지 죽어버린 살이 아니다
아직도 분노할 수 있고 웃을 수도 있고 고함을 내지를 수도 있다
은행 대출금에 대한 이자율 계산도 정확하게 할 수 있고
인간이나 개를 사랑할 수 있으며
애국가 4절까지 한 자도 틀리지 않고 노래할 수도 있다

대롱대롱 매달린 채 구멍까지 움직이는 사이에 내 대가리가 심하게 멀미를 했다.

알

모든 인연이라는 것이 헤어지고 나면 참으로 허무하다

우리 셋은 자대살의 좁은 구멍을 빠져나와서
서로 단 한 줌의 미련도 없이
각자 자신들의 길을 따라 뿔뿔이 흩어졌다
시간이 변하면 생각도 변한다
세상이 변하면 사람도 변한다

겨우 세끼 밥 먹고 살아가는 세상사가 워낙 바쁜 탓인지
나는 그들과 함께했던 지난 여행을 까맣게 잊고 살았다

물론 바리와 그를 꼭 닮은 사람들을 가끔 여기저기서 마주치기도 하지만
서로 모른 채 비껴 지나갔다
나의 현재 삶에서 바리나 그의 존재가
별로 필요치 않다는 점도 있었고
역시 그들도 나의 존재가 별로 필요 없었기 때문이기도 할 것이다

'필요'라는 것이 무엇인지
세상엔 정말 필요한 것이 있기나 한 것인지

그것까지는 나도 잘 모르겠다
그리고 지금 그들이 어떻게 살고 있는지조차 잘 모르겠다
이렇듯 세상의 인연이란 적막하다

아무튼 바리는 이승에서 저승을 건너는 가엾은 영혼들의 고통을
덜어주고 위로하는 일을 한다고 책에 쓰여 있다

그러다가
한번은, 나를 급하게 부르는 바리의 목소리를 들었다

'이제야 알을 찾았다'

나는 바리의 목소리가 들리는 곳을 향해 달려갔다
강을 가로막아 일곱 개의 큰 알을 올리고 버티어 선 이포보 앞에서
내 달음박질이 멈추어 섰다
그리고 큰 알처럼 생긴 거대한 조형물 위에 올라가
위태롭게 선 바리의 모습이 내 눈에 들어왔다

저 미친년, 바리는 한갓 조형물을 알로 착각하고 있었던 것이다
여행 중에 낳았던 일곱 아이를 버려두고 이 세상으로 건너올 때
그녀의 모습은 너무도 냉혹했다
지금 그녀는 정말 자신의 아이들을 찾아 나선 걸까
일곱 아이를 찾아 나선 모성 때문에 저 커다란

알 | 45×30cm | 종이에 먹과 수채 | 2012. 8. 29

조형물을 일곱 개의 '알'로 보았던 것일까
강물은 녹조 때문에 온통 녹색 천지였다
누군가가 이 강물을 '녹조라떼'라고 불렀다
나는 갑자기 숨이 컥컥 막혔다
죽은 물고기들이 하얀 배를 뒤집어 녹조 위에 둥둥 떠 있었다
나는 바리가 저 물고기를 닮아가고 있다고 생각했다

'바리! 이제 그만 해라
우리는 알이 더 이상 존재하지 않는 세상에 살고 있다'

그녀는 양 손바닥을 둥그렇게 모아 입에 대고 외쳤다

'천만에 나는 지금 알을 보고 있다'

내가 문득 눈을 들어 녹색 강물을 바라보니
버려진 아이가 대나무 함지에 담겨 떠내려가고 있었다
바리는 가짜 알 위에 위태롭게 서서
진짜 자신의 알을 바라보고 있었던 것이다

바리는 강물에 흘러가는 어린 바리를 하염없이 바라보고 있었다.

화살

또 한번은,

그가 모일 모시 광장 옆 카페에서 만나자는 문자메시지를 내게 보내왔다

나는 언제나 약속 장소에 15분 일찍 나가는 습관이 있다

카페에 앉아 있는 사람들은 모두 하나같이 스마트폰을 심각하게 들여다보고 있었다

내 앞에 놓인 커피가 적당하게 식을 즈음에 그가 나타났다

그도 역시 의자에 가방을 내려두고 카운터에서 커피를 한 잔 들고 왔다

그는 내가 이포보에서 바리를 만났다는 것을 이미 알고 있다는 듯이

그녀와 만나서 무슨 이야기를 나누었느냐고 물었다

나는 그냥 별 의미 없이 고개를 저었다

그가 불안한 표정을 지으며 스마트폰을 꺼내어

손가락으로 몇 번 문지르더니 내 코앞에 들이밀었다.

유튜브에 올려진 동영상이었다

내가 손끝으로 플레이 버튼을 누르자 잠깐 버퍼링 시간이 지난 다음에

몹시 흔들리는 영상이 나왔다

하얀 옷을 입은 여자가 커다란 알을 머리 위에 올리는데

여기저기서 날아오는 화살이 그녀의 몸에 박혔다

그녀를 향해 날아오는 화살이 하늘을 시커멓게 덮었다
화살이 몸에 박힐 때마다 그녀의 몸이 움찔거렸다
마지막 화살 하나가 포물선을 그리며 날아와 그녀의 발바닥을 뚫었다
마치 하늘을 배경으로 핀을 찔러 곤충채집을 해놓은 것처럼
그녀는 하늘에 그대로 박혀버렸다
동영상은 거기서 문득 정지 화면으로 끝났다
조회수는 벌써 43만 2278건을 기록하고 있었다

그는 이 동영상에 나오는 여자가 바리라고 주장했다
그녀가 다시 다른 세상에 들어가서 이 알을 들고 나오려다가
저런 처참한 꼴을 당했다고 그가 말했다

그러나 나는 하루에도 수백수천 건씩 유튜브에 올려지는 이런 조악한 영상의
내용 따위는 절대 믿지 못했다
이번에도 나는 별 의미 없이 고개를 저었다

그 이후로 바람처럼 한 철이 지나갔다.

화살 | 45×30cm | 종이에 먹과 수채 | 2012. 8. 30

특공

어느 날 내가 깊은 잠에 들었는데
날 선 칼이 내 목을 댕강 잘라버린 일이 있었다

내 목은 방바닥에서 통통 튀다가 얼떨결에 잃었던 중심을 다시 잡았다
거실을 가로질러 주방 식탁 위의 컵에 절반쯤 남은 식은 커피를
한 모금 마시고 즉시 창문을 통해 밖으로 빠져나왔다
내 목이 캄캄한 밤하늘을 가로질러 한참을 날아가서
나무 막대기 끝에 꽂히고 바로 목 아래쪽에 가로대가 묶여지더니
그 위로 난데없이 해진 군복이 입혀졌다

밤바다 하얀 파도에 출렁이는 작은 배 위였다
나는 갑자기 죽은 군인의 영혼이 되었다
하얀 옷을 입은 바리는 배 뒤쪽에 버티어 서서 검은 바다를 바라보며
뭐라고 연신 중얼거리고 있었다

내가 평소에 상상했던 대로 바리는 피안의 강을 건너고 있었다
지난번 여행 때 바나나 잎과 갈대 줄기로 엮어 만든 움막 앞에서
한도 끝도 없이 줄 서 있던 사내들의 모습도 보였다
그리고 움막 안에서 고통스럽게 비명을 질러대던 맨몸의 바리가

특공 | 30×45cm | 종이에 먹과 수채 | 2012. 8. 31

세상이 부끄러운지 얼굴에 빈 바께쓰를 뒤집어쓰고 있었다

바로 얼마 전 일이다
줄을 서서 기다렸다가 내 차례가 되자 움막 가리개를 열고 들어갔다
저 여인은 아랫도리를 덮고 있는 모포를 밀치고 무심하게 양다리를 벌렸다
주머니에 남은 군표를 모두 여인에게 쥐여주고
그녀의 젖가슴과 자궁에 입술을 들이밀며 갓난아이처럼 무작정 빨았다

나는 다음 날 새벽에 천황이 하사했다는 찬술로 입안을 적시고
소대원들과 함께 각자의 비행기에 올라탔다
굉음을 내며 이륙하는 우리들에게 가고시마 인근 마을에서 동원된 소녀들이
모조 사쿠라 꽃가지를 흔들어주었다
우리는 그동안 교육을 받았던 치란 특공 훈련장을 천천히 한 바퀴 선회한 후
오키나와 상공을 향해 곧장 날아갔다
나는 내년 봄 야스쿠니 뜰에 환하게 핀 사쿠라로 환생할 것이다

바리는 이 가엾은 영혼들을 데리고 피안의 강을 건너고 있는 자신의 장한 모습을
나에게 보여주고 싶었던 것일까
그런데 저 부끄러워하는 바리는 또 누군가

글쎄, 나는 바리에게 무엇인가 이야기하고 싶었지만
내 목에 파고든 막대기의 날카로운 끝이 혀뿌리를 누르고 있는 바람에
어떤 소리도 전혀 낼 수 없었다

이때 받은 목의 극심한 통증 때문에 나는 두 달쯤 고생했다
처음 한 달은 통증이 스스로 가라앉기를 기다리다가 오히려 점점 고통이 심해졌다.
목을 위아래 좌우로 전혀 꼼짝달싹할 수 없게 되자 결국 병원을 찾았다
일주일에 두 번씩, 3주일째 병원에서 치료를 받았더니
통증은 겨우 가라앉았다

그러나 한 달도 채 지나지 않아 나는 또다시 순식간에 목이 잘렸다
큰 칼이 휙 소리를 내면서 내 목을 관통하는 찰나에 나는 눈을 번쩍 떴다
두 번째 당하는 일이라서 순간적으로 눈을 뜰 수 있는 마음의 여유가 생긴 것이다
야차 얼굴을 한 바리가 작두칼을 들고 씩씩거리며 나를 내려다보고 있었다
내 머리는 그날 밤도 어쩔 수 없이 멀리 날아가서 또 군인 형용으로
그녀의 작은 배를 타고 하염없이 거친 밤바다를 헤매다가 돌아왔다
물론 이번에도 목의 통증 때문에 병원 신세를 질 수밖에 없었다

그 후로는 잠자리에 눕기 전에 두 뼘 남짓한 쇠막대를 베개 밑에 감추고
내 목을 향해 날아오는 작두칼을 재빨리 쇠막대로 막는 연습을 수차례 한 다음에
잠이 들었다
석 달쯤 연습한 끝에 이제, 반듯이 누워 있는 상태에서
왼손으로 베개 밑에 숨겨둔 쇠막대를 번개처럼 꺼내어
내 목을 커버하는 연속 동작을 하는 데 걸리는 시간은 딱 0.5초
그러나 아직도 부족하다
무작정 날아오는 그녀의 작두칼을 완벽하게 막아내려면 0.3초 이내로 줄여야 한다.

후

그렇다
나는 지금도 바리와 가끔 마주치고 있다

전철역 에스컬레이터를 타거나
울릉도를 항해하는 배의 갑판 위에서
잠수교나 한강대교 성수대교를 걷다가
고속도로 톨게이트에서 잠깐 멈춘 사이에
백령도 연평도 덕적도를 향해 떠나는 여객선 선실에서
또는 하의 장산 비금 도초 자라 안좌 자은 암태 임자 추자 흑산도 홍도행 배를 타는 목포 갯내 나는 선착장에서
인천공항 출국장 입구에서
위도나 풍도 어청도로 떠나는 부두에서
가파도 마라도로 가는 배 안에서
증도 염전 체험 학습장에서
가끔 그녀를 마주치기도 한다
그때마다 우리는 서로 쑥스러운 표정을 지으며 지나쳤다
다음에 다시 만나게 되면 꼭 반갑게 인사라도 나누면서
이것저것 물어봐야겠다고 다짐하지만
또 만날 때마다 우리는 마주치기가 무섭게 서로 바쁜 척하면서

그냥 썰렁하게 지나쳤다

한번은
멀리 범섬이 보이는 제주도 강정 포구에서
그녀와 그를 만났다

이곳 바닷가를 지켜야 한다는 갖가지 구호가 박힌 울긋불긋한 만장과 깃발들이
포구를 가득 덮어 눈이 어지러울 지경이었다
마침 젊은 무리들이 노래를 부르며 지나갔다
맨 앞줄에 플래카드를 든 젊은이들 사이로 그의 모습이 보였다
그가 나를 보더니 반갑게 눈인사를 했다

장군복을 입고 남장한 그녀는 양쪽 손에 삼지창과 언월도를 들고
바닷가 구럼비 너럭바위 위에 서 있었다
나는 용기를 내어 그녀에게 다가갔다

'장군복이 썩 잘 어울린다'

그녀가 수줍게 웃어 보이면서 잠시 뜸을 들이다가 내게 물었다

'너는 언제쯤에 저 물을 건널 것이냐'

그녀는 목소리를 억지로 굵게 내며 남자 행세를 했다

나는 또 별 의미 없이 고개를 끄덕였다
그리고 우리 옆을 지나가는 관광객에게
내 카메라를 건네주면서 사진 한 장 찍어달라고 부탁했다

바리와 나는 서로 정답게 어깨를 맞대고 '김치~'라고 소리를 내면서
관광객이 셔터 누르기를 기다렸다

관광객에게 감사 인사를 하고
그녀와 헤어지기 전에 나는 일곱 아이들의 안부를 묻고 싶었지만
부질없는 질문일 것 같아서 입술 밖까지 나온 말을 그만 거두었다

그런데 내가 만약 참지 못하고 그 질문을 해버렸다면
그녀는 분명히 이렇게 대답했을 것이다

'일곱 중에 하나가 바로 내 앞에 서 있구나'

돌아서서 걸어가는 바리의 뒷모습을
나는 한 번 더 고개를 돌려 바라보았다
그녀가 양손에 들고 있는 삼지창과 언월도가 햇빛에 번쩍거렸다
그녀의 허리를 묶고 있는 하얀 천에
납작한 스마트폰이 대롱대롱 매달려 있었다.

후 | 45×30cm | 종이에 먹과 수채 | 2012. 9. 1

Bari

바리

초판 1쇄 발생 2013년 10월 8일

지은이 홍성담
펴낸이 황규관
편집장 김영숙
편집부 노윤영 윤선미
총무부 김은경

펴낸곳 도서출판 삶창
출판등록 2010년 11월 30일 제2010-000168호
주소 121-838 서울시 마포구 서교동 355-22 우암빌딩 4층
전화 02-848-3097
팩스 02-848-3094
홈페이지 www.samchang.or.kr

ISBN 978-89-6655-032-6 03810

이 도서의 국립중앙도서관 출판시도서목록(CIP)은 e-CIP홈페이지(http://www.nl.go.kr/ecip)에서
이용하실 수 있습니다.(CIP제어번호: CIP2013019392)